Barbara Hillmann

Passageuse auf Frachtschiffen
Erlebnisse an Bord und in Häfen

www.tredition.de

Verlag & Druck: tredition GmbH, Halenreie 40-44, 22359 Hamburg

ISBN
Paperback   978-3-347-11493-7
E-Book   978-3-347-11494-4

Inhaltsverzeichnis

Vorwort

Als erstes möchte ich gestehen, dass es das Wort „Passageuse" im Titel dieses Buches natürlich nicht gibt. Als vor Jahren ein Kapitän mich so nannte gefiel es mir so gut, dass ich es hier übernommen habe.

Allgemeines zu Frachtschiffreisen:

Vor einiger Zeit brachte das ZDF zur besten Sendezeit einen Beitrag über Frachtschiffreisen mit dem Titel „Kreuzfahrt zweiter Klasse". Als überzeugte Frachtschiffpassageuse habe ich dem Sender einen Brief mit unfreundlichen Grüssen geschickt. Überschrift: Thema verfehlt. Allein der Titel ist völlig absurd. Bekanntlich kann man Äpfel nicht mit Birnen vergleichen. Zwischen Kreuzfahrten und Frachterreisen liegen Welten. Beide Reisearten finden auf einem Schiff statt und damit hört die Gemeinsamkeit auf. Reisen auf einem Frachtschiff bedeutet vor allem Ruhe. Man muss nicht einem Animateur hinterherjoggen118 oder zum Konzert, Dichterlesung oder zum Tangokurs flitzen. Es gibt viel Zeit zum Lesen, Nachdenken, Träumen, Malen, Schreiben und Beobachten des Meeres. Und man lernt ungewöhnliche Menschen kennen.

Zu jeder Tages- und Nachtzeit hat man Zutritt zur Brücke und erfährt manches über die sogenannte „Christliche Seefahrt". Der Koch hat nichts dagegen, wenn man in die Töpfe schaut. Natürlich wird auf einem Frachtschiff ab und an kräftig gefeiert. Aber, wie gesagt, ab und an und eher zünftig als elegant.

Es gibt Leute – durchaus reizende Menschen – die sich nicht als Passagiere auf Frachtschiffen eignen. Gemeint sind Zeitgenossen, die es organisiert mögen, Zeitpläne als verbindlich betrachten, heimisches Essen bevorzugen, davon ausgehen, dass aus einem rot markierten Hahn wirklich warmes Wasser fliesst oder denken, dass – wie in den Unterlagen angegeben – eine Crew Deutsch oder fliessend Englisch spricht. Die sich wundern, wenn beim Wäschetrockner das Gebläse nur kalte Luft produziert und empört sind, wenn ein vorgesehener Hafen nicht angelaufen wird. Passagiere auf Frachtschiffen sollten wissen, dass der Kapitän meistens keine Landausflüge organisiert. Er kann Taxis bestellen aber das Weitere liegt in ihrer eigenen Hand. Am herbsten enttäuscht sind diejenigen, die völlig uninformiert eine Frachterreise antreten. Sie stellen für Crew und Mitpassagiere eine harte Geduldsprobe dar. Genau wie zu Hause kann man nicht erwarten, dass die Crew aus lauter Strahlemännern besteht. Sie arbeiten monatelang ohne Heimaturlaub, haben auch mal einen schlechten Tag und sind vor allem nicht für die Unterhaltung der Passagiere zuständig, geben aber bereitwillig Auskunft, wenn man an sie herantritt.

Anders als in Hotels oder auf Kreuzfahrtschiffen wird die Kabine nicht abgeschlossen, die Tür steht sozusagen jedem offen. Wenn man ungestört sein will, macht man die Tür einfach zu. Das gilt natürlich nicht im Hafen, wenn Fremde an Bord sind.

Schlussendlich sollten Gäste nicht vergessen: Passagiere stehen hinten an. An erster Stelle steht immer das Schiff und die Ladung.

Schiff: MS Hornbay, Stückgut- und Bananendampfer

Zeit: September 2002

Reederei: Horn-Linie, Hamburg

Route: Hamburg - Le Havre/Frankreich – Gouadeloupe +

Martinique /franz.Inseln – Cartagena/Kolumbien –

Turbo/Kolumbien –   Moin/Costa Rica –
Dover/England

Antwerpen/Belgien - Hamburg

Es ist halb elf und ich muss los, wenn ich bis 12 Uhr in Hamburg zum Mittagessen bei Helga und Renate ankommen will. Mike und Ilo aus Norderstedt machen derweil Ferien und hüten gerne Kate und Katze hier in Ostholstein. Kurz vor der Autobahn muss ich nochmal umdrehen – habe die Lamahaardecke in der Diele liegen gelassen. Die brauche ich bestimmt für kühle im Liegestuhl an Deck.

So gegen 15 Uhr machen die Hafenarbeiter Fufftain. Da kann man dann bis vors Schiff fahren und ausladen. Helga und Renate bringen mich zum Hafen; hinterher kann mein Auto für fünf Wochen bei ihnen vor der Haustür parken.

Eine recht gemischte Gesellschaft ist am Kai versammelt. Zwei Herren fallen besonders auf in oliv-khaki farbenem Outfit und zünftigen Seesäcken. Frau Güttel von der Reederei Horn-Linie ist auch schon da und begrüsst die hippelige Meute. Zwei starke Männer kommen gerade die Ganway herunter und schleppen die Gepäckstücke an Bord. In dem Gewusel kommt Hans Dietrich Hoerner angekeucht; er ist mit dem Zug aus Köln angereist. Sein Taxifahrer kennt sich nicht so richtig im Freihafengelände aus und weiss nicht, dass Bananendampfer am Schuppen 45 festmachen.

Hans Dietrich habe ich anlässlich einer früheren Frachterreise kennengelernt und lange nicht gesehen. Mann, ich bin etwas erschrocken. Inzwischen ist er 76 Jahre alt geworden und erscheint mir irgendwie geschrumpft und krumm im Vergleich zu früher.

Nun ist man komplett und einer nach dem anderen erklimmt die schwankende Gangway. Nur ein hochgewachsener, skeptisch aussehender Herr bleibt eisern stehen, bis das letzte Gepäckstück an Bord ist.

Innen geht's treppauf. Die Passagierkabinen befinden sich auf dem dritten Deck. Die geraden Zahlen liegen Backbord und die Ungeraden an Steuerbord. Da ich in Kabine Nr. 5 wohne, muss ich rechts herum. Bin freudig überrascht, dass die Kabine so geräumig ist und dass ich einen Blumenstrauss, Obstkorb, Piccolo und belgische Pralinen zur Begrüssung vorfinde. So viel Aufmerksamkeit bin ich von anderen Frachterreisen nicht gewohnt. Wahrscheinlich liegt es daran, dass die Horn-Linie den Linienverkehr nach Costa Rica betreibt; reine Frachtschiffe sind einfacher ausgestattet.

Will mal sehen, wie es Hoerner nebenan in Nr. 3 geht und stosse mit einem jungen Ringer zusammen, der den ganzen Gang ausfüllt. Es stellt sich heraus, dass er unser Chefsteward ist. Er kommt aus Riga und heisst Gints. Gints sammelt unsere Pässe und Tickets ein und meint, dass es jetzt im Salon Kaffee gibt.

Hoerner, Helga, Renate und ich bewegen uns also Richtung Deck 1, wo sich besagter Salon und die Messe befinden. Im Treppenhaus (seemännisch korrekt heisst es Niedergang) hängt eine Weltkarte, auf die mit Fähnchen die Route markiert ist. Davor stehen eine stattliche Frau und ein Mann mit Schiffermütze. Sie dreht sich um und sagt „nett". „Ja", sage ich, „nette Idee der Reederei, die Route so anschaulich für uns darzustellen". „Nee", sagt sie, „ich heisse Nett und das ist Herr Hamann, wir haben Kabine Nr. 2".

Allgemeines Händeschütteln und beim Weitergehen entdecke ich, eingekeilt zwischen Gints und anderen offiziell aussehenden Männern meine Freundin Hedi; sie hat es also doch noch geschafft, zum Abschied zu kommen. Nach einigem Nachfragen sind wir im Salon und ich staune wieder, wieviel Platz überall ist. Links vom Salon finde ich die Messe mit 3 normalen und einem grossen runden Tisch, wo die Passagiere zusammen mit den Offizieren essen werden. Im Salon selbst stehen bequeme Sofas, Sessel und Coutische, alle sind im Boden verankert. Einen kleinen Tresen mit Barhockern gibt es auch. An den Wänden hängen grosse Fotografien mit Motiven aus den Ländern, die wir anlaufen werden. Es ist ziemlich voll und laut hier drin. Wer ist Passagier und wer Besucher ? Zwei Kleinkinder flitzen herum. Ob die wohl mitfahren ? Von Gints und zwei anderen bekommen wir Kaffee. Die beiden Kofferträger von vorhin tragen jetzt schwarze Hosen und weisse Hemden und stellen sich als Steward Sergej und Pavel vor.

Wir finden einen Platz und reden. Helga trinkt ein Bier vom Fass, das sieht sehr englisch gezapft aus. So allmählich lichtet es sich im Salon. Meine Besucher gehen auch bald über die schwankende Gangway von Bord.

Hoerner möchte seinen Zwillingen zu Hause in Köln sagen, dass er gut auf der Hornbay angekommen ist. Wir gehen an Land. Riesige Kräne auf Schienen holen Container aus dem Bauch der Hornbay.

In einer grossen Halle werden die „DelMonte"- Bananen-Kartons ausgeladen und per Fliessband zu grossen Klappen befördert. Hinter diesen Öffnungen stehen Lkw aus ganz Deutschland bereit, um die Versorgung von Super-Märkten zu gewährleisten. Auf der Suche nach einem öffentlichen Telefon irren wir in der Halle umher (Handys hat noch nicht jeder). Draußen finden wir dann endlich eine Telefonzelle. Leider ist in Köln niemand zu Hause. Also kehren wir zurück an Bord und wollen nun erstmal auspacken.

Gegenüber meiner Kabine entdecke ich die Sauna. Inzwischen sind an den Kabinentüren Namensschildchen angebracht worden und auf dem Schreibtisch finde ich eine Mappe mit Namen und Titel der gesamten 25 köpfigen Crew und Liste der Passagiere; Kapitän und Offizieren kommen aus Russland und der Ukraine, die Crew aus Lettland.

Kabine 1:

Maren und Rolf Ignorek. Sie sind mit 48 bzw. 51 Jahren die Küken der Gruppe. Er ist Hausmann und sie Zahnarzthelferin aus Hamburg. Sie haben lange gespart, um ihre Silberhochzeit an Bord zu feiern. Ausserdem ist er vor der Heirat zur See gefahren. Diese Reise hat für beide auch nostalgischen Charakter.

Kabine 2:

Gisela Nett und Günther Hamann, ein unverheiratetes Pärchen, auch aus Hamburg. Sie haben sich beide vor anderthalb Jahren auf einer Donau-Kreuzfahrt kennengelernt. Er war 40 Jahre lang Boss auf einem Bergungs- und Bugsier-Schlepper im Hamburger Hafen.

Kabine 3:

Herr Hoerner aus Köln. Er sieht aus wie das Sandmännchen aus dem früheren DDR-Fernsehen. 30 Jahre lang war er Betriebsratsvorsitzender bei der Deutschen Bank. Mit 76 ist er neben Günther Hamann der älteste Passagier. Mit Leidenschaft lebt er „grün". Wegen Umweltschädigung steigt er zum Beispiel in keinen Flieger und wäscht nur im Schongang.

Kabine 4:

Jürgen Hannemann und Dr. Eckhard Wenck aus dem Odenwald. Jürgen stammt unüberhörbar aus Berlin. Er war Montageleiter bei der Deutschen Post. Eckard ist Land-Tierarzt im Ruhetand und ein Unikum. Versteht nur, was ihn interessiert. Ansonsten schert er sich keinen Deut um andere oder lästige Konventionen. Beide haben Kreuzfahrtschiff-Erfahrung.

Kabine 5 : Ich

Kabine 6:

Peter Zeh. Unternehmer (Spedition und Tiefbau) im Ruhestand aus Schwaben. Wegen seiner Schwerhörigkeit hat er ein furchtbar lautes Organ. Lästigerweise schreit er auf Urschwäbisch . Aufgrund seiner vielen Reisen mimt er den Macker, kommt aber nicht so gut an.

Eignerkabine:

Frau Ingrid von Engelhardt. Trotz ihrer 69 Jahre ist sie aktive Professorin an der Uni Hannover und passionierte Seglerin. Nach ihrer Scheidung vor acht Jahren hat sie das Haus bekommen und er das Segelboot. Das bedauert sie noch heute und würde am liebsten als Einhandseglerin um die Welt schippern.

Hospital:

Gabriele Rother und Jörg M. Koerbl. Sie sieht aus wie die Piaff in jüngeren Jahren und ist Bildhauerin. Er ist Schriftsteller und hat Ähnlichkeit mit Bertold Brecht. Beide kommen aus der ehemaligen DDR. Ihr Auto haben sie dabei und einen Container mit Möbel/Hausrat. Auf Martinique wollen sie aussteigen und dort einige Jahre leben.

In der Mappe finde ich auch Angaben darüber wo sich was befindet und Daten der anzulaufenden Häfen. Allerdings sind diese Daten mit in der Seefahrt gebräuchlichen Abkürzungen versehen. Beim späteren Abendessen gibt's über die Bedeutung wilde Spekulationen. Nachstehend also eine Erläuterung:

eta	=	estimated time of arrival	=	geschätzte Ankunftszeit
ets	=	estimated time of sail	=	geschätzte Abfahrtszeit
disch	=	discharge	=	ausladen/löschen
load			=	laden
intended schedule			=	vorgesehener Zeitplan

In besagter Mappe finde ich auch die Essenszeiten :

7.30 Frühstück, 11.30 Lunch, 15.30 Kaffee, 19.30 Dinner

Alle 4 Stunden gibt es also etwas zu essen; diese Spanne entspricht der Dauer einer Wache. Die Zeit rast und ich muss mich sogar beeilen, rechtzeitg zum Abendessen zu gehen. Der Salon ist gut besucht. Da man die meisten noch nicht kennt, setzte ich mich zu

Hoerner. Kurz darauf kommen zwei Uniformierte herein. „May we join you ?" Meine Zeit, diese höfliche Zurückhaltung ist beeindruckend, schliesslich sind die hier zu Hause und haben das Sagen. Beide Herren haben vier Balken auf den Schulterepauletten. Wisper, wisper, wer ist was ? Einer der beiden hat zusätzlich noch einen Kreis neben den Streifen, das muss der Kapitän sein und der andere rundlich gemütliche, ist Erster Ingenieur.

Der wichtigste Mann an Bord eines Schiffs ist natürlich immer der Koch. Aber die beiden hier sind nun für uns, das Schiff, die Crew, die Fracht, die Sicherheit und den Zeitplan für die nächsten fünf Wochen verantwortlich.

Inzwischen ist es 19.30 Uhr und wir gehen hinüber in die Messe. Hoerner mit Stechschritt voran. Man sollte meinen, bei einer Grösse von 1,60 m geht das nicht, aber er schreitet zielbewusst auf den grossen runden Tisch zu, wo Kapitän und Chief (bedeutet 1. Ingenieur) bereits sitzen. Höflich wird uns klargemacht, dass hier die Offiziere ihren fest Platz haben. Wir setzen uns also zu Jürgen Hannemann und Dr. Wenck aus dem Odenwald an den Tisch. Stühle rücken, allgemeines Vostellen, Händeschütteln, ein bisschen reden über die Anreise und wie man zu der Idee dieser Reise gekommen ist. Plötzlich erklingt „Happy Birthday". Die Stewards Sergej, Pavel und der Koch Alexander tragen eine Torte mit brennenden Kerzen herein. Eckart Wenck wird heute 65 ! Danach sieht er gar nicht aus. Der Kapitän überreicht ihm einen grossen Regenschirm in den Reedereifarben blau-rot und der Chief hält alles mit der Kamera fest. Einstimmig beschliessen wir, die Torte morgen Nachmittag zum Kaffee zu schlachten Dann sitzen wir Vier im Salon. Eckhard will einen ausgeben. Jürgen als Rotweinkenner bestellt einen Mouton Rothschild, nobel, nobel. Auf dem Tresen entdecke ich eine Getränkekarte. Das Sortiment ist beeindruckend und durch Zoll- und Steuerfreiheit sind die Preise erquicklich. Gints erklärt uns, dass er für jeden Passagier ein Blatt anlegt, unsere Getränke dort einträgt und jeden Sonntag abrechnet.Das kommt mir sehr entgegen – so verliert man nicht die Übersicht. Irgendwer hat in Erfahrung gebracht, dass wir erst morgend gegen 4 Uhr in der Früh auslaufen. Nee, bis dahin bleibe ich nicht auf. Erstens kann man in der Dunkelheit sowieso nicht sehen, wie der Hafenlotse auf der Jacobsleiter herumturnt und zweitens war es ein langer, ereignisreicher Tag.

Ich habe wunderbar bis 7 Uhr durchgeschlafen und vom Ablegen bzw. der Revierfahrt nichts mitgekriegt. In der Messe sind bis auf die Aussteiger schon alle beisammen. Später merken wir, dass unsere Künstler ständig hinterher kleckern. Natürlich sind der Kapitän, ein Lotse und der 3.Offizier (mit Steuermannfunktion) auf der Brücke, während wir auf der stark befahrenen Wasserstrasse Elbe unterwegs sind.

Wir werden gleich Cuxhaven passieren. Nun muss ich schleunigst auf die Brücke. Jeden Morgen gegen 9 Uhr tickern über Telex die neuesten Nachrichten rein. Der schottischen Firma Norbulk wurden von der Reederei sämtliche technischen und seemännischen Belange übertragen. Norbulk hat für den Nachrichtendienst eine Agentur auf Cypern verpflichtet; die Nachrichten erscheinen also auf Englisch.

Auf der Brücke hat der Elblotse das Kommando. Ein eleganter Herr, weit entfernt von Seemannsoutfit. Als er später von Bord geht und vom Lotsenboot übernommen wird sehe ich, dass praktische Kleinung nicht nötig ist. Das Lotsenboot ist ein hochmoderner Katamaran, der bei uns längsseits geht und den Lotsen direkt übernimmt, ohne dass er von einer schwankenden Jacobsleiter rüberspringen müsste.

Nachdem der Lotse noch einmal hochgewunken hat, werden die Fahnen eingeholt. Peter Zeh sieht zu: „Waasch bedeutet jetscht däs" trompetet er. Ich sage ihm, die eine am Heck ist die Landesflagge des Heimathafen des Schiffs – also Liberia. Am Mast zeigt das gelbe Fähnchen, dass das Schiff frei von ansteckenden Krankheiten ist. Dann gibt's hier noch den Reedereiwimpel und die rot-weisse Fahne ist die Lotsenflagge. Das wird nun alles erst wieder vor der Ansteuerung von Le Havre gehisst. Sofort rennt Peter Zeh los und posaunt sein Wissen Hoerner ins Ohr. So ein Angeber, er bringt das so an, als hätte er das mit den Fahnen schon immer gewusst. Hoerner ist sichtlich beeindruckt.

Ich stehe mit Gisela Nett an der Reeling. Sie hat mächtig Manschetten, dass es jetzt auf der Nordsee bzw. später im Ärmelkanal schaukeln könnte. Ich beruhige sie, dass ich einen ganzen Sack Medikamente dabei habe. Bis zum Nachmittag hat sich ihre Angst derartig gesteigert, dass ihr wirklich übel ist.

Ab dem Mittagessen ist alles leger. Die Crew trägt jetzt Zivil. Nachmittags spielen wir eine Runde Ping-Pong. Das Wetter ist nicht berauschend. Ich finde die Bibliothek auf dem 4. Deck und entdecke neben Konsalik-Schwarten einen wirklich reichhaltigen Querschnitt guter deutscher und englischer Bücher. Dieser Raum hat zwei grosse Fenster mit freiem Blick übers Vorschiff. Das ist ein nettes Plätzchen bei Regenwetter.

Hoerner hat zum Kaffee ein paar mitgebrachte Videos dabei. Wir gehen in den TV-Raum und einigen aus auf „Das Haus in Montevideo". Ich habe das Stück in verschiedenen Besetzungen zwar schon gesehen, aber Curt Goetz und Valerie von Martens sind doch wieder mal sehenswert.

Heute, am dritten Tag an Bord, hat sich alles eingespielt. Man kennt sich untereinander und das Schiff schon recht gut. Rolf Ignorek hat in seiner Kabine eine komplette Stereoanlage angeschlossen und Jürgen Hannemann hat 20 Cassetten Oldies im Gepäck. Während des Frühstücks fahren wir das Seine-Delta aufwärts, vorbei an Hornfleur, nach Le Havre. Gegen Mittag sollen wir anlegen. Die Hafenanlage ist riesig und zieht und zieht sich, wir müssen zwei Schleusen passieren. Bei Gints bestellen wir für 13 Uhr zwei Grossraumtaxis. Anders kommt man da nicht weg und das Zentrum liegt meilenweit entfernt. Übereilige stehen schon ab halb eins unten am Kai. Es tut sich nichts, auch nicht um eins oder zwei. Nach einer Stunde Beine in den Bauch stehen habe ich die Faxen dicke, hole mir mein Buch und setze mich auf dem Brückendeck in einen Liegestuhl. Von dort kann ich beobachten, wie einer nach dem anderen seine Warteposition verlässt. Um 15 Uhr fahren zwei Autos vor, aber da steht keiner von uns mehr am Kai. Je nach Temperament und Veranlagung legen sich die Wogen über die französische Unzuverlässigkeit allmählich. Man ist hier doch noch in Europa. Wie soll das bloss später in den Karibik-Häfen ablaufen?

Heute gab's für die Passagiere die vorgeschriebene Sicherheits-einweisung mit entsprechendem Alarm. Brav erscheinen wir alle mit unseren Schwimmwesten im Fernsehraum. Gints kündigt die Einweisung durch den Kapitän an. Nach den ersten englischen Worten des Kapitäns wird schnell klar, dass Gints' deutsche Sprachkenntnisse zum Übersetzen nicht ausreichen. Spontan übernehme ich das. Immerhin dauert diese Veranstaltung fast eine Stunde und es wimmelt nur so von technischen Begriffen. Meine Mitpassagiere sind beeindruckt obwohl hinterher jeder behauptet, er habe sowieso alles verstanden.

Unser Kapitän Velentijschik hat heute Geburtstag; er wird 54. Auch er bekommt nach dem Frühstück eine grosse Torte und alle grölen Happy Birthday. Ihm ist das Getue um seine Person sichtlich unangenehm; er scheint etwas scheu zu sein.

Auf dem Speiseplan ist für heute 19 Uhr ein „Wellcome Dinner" angesetzt. So gegen 18 Uhr gehe ich zum Umziehen in meine Kabine. Auf den Gängen duftet es aus jeder Kabine nach Duschgel und Rasierwasser. Die Festvorbereitungen scheinen in vollem Gange zu sein. Zur Feier des Tages hat sich Eckhard vom Steward Sergej die Haare schneiden lassen. Die Messe sieht mit den roten Leinen-Tischtüchern und Kerzenbeleuchtung richtig festlich aus. An jedem Platz liegen jetzt auch Servietten-Taschen mit aufgedruckten Namen. Bis zum allgemeinen „Du" ist es nur noch ein kleiner Schritt. Nur Hoerner bringt den alten Witz, dass „du Esel" leichter über die Lippen kommt als „Sie Esel" und bleibt beim Siezen. Als Vorspeise gibt's Räucherlachs und eine Riesengamba, danach gedünsteten Lachs und zum Dessert Eis. Wirklich prima, auch der Weisswein dazu.

Im Salon wurden alle Sessel zu einer Runde zusammengerückt. Die Offiziere sitzen in schwarzen Hosen und weissen, gestärkten Hemden wie Pinguine in einer Ecke. Nachdem der Kapitän seine Mannschaft noch offiziell mit Rang und Namen vorgestellt hat, kreisen die Literflaschen eisgekühlter Jubi und Vodka, und auf einmal sitzen alle buntgemischt durcheinander. Ich unterhalte mich prächtig mit dem Chief über Schiffskurbelwellen und der 2. Ingenieur zeigt Eckhard den richtigen Handgriff beim Vodkatrinken: Man hält das Glas zwischen Daumen und kleinem Finger und dann: Nastrovje!

So gegen 22 Uhr kommt mir der Vodka bald zu den Ohren raus und ich muss verschwinden. Das Fest soll noch bis 2 Uhr morgens gedauert haben und wie der „Bordfunk'" meldet, wurden unsere beiden ältesten Passagiere Günther und Eckhard vom 3. Offizier in ihre Kojen verfrachtet.

Nach dem rauschenden Fest gestern ist heute früh ein Aspirin angesagt. Nicht nur in den Köpfen, auch draussen ist es nebelig: Unser Horn tutet in regelmässigen Abständen. Der Chief hat für 9 Uhr eine Führung durch den Maschinenraum angeboten. In seinem Overall sieht er wie ein kleiner Teddybär aus. Wir kriegen Ohrstöpsel obwohl mir nicht klar ist, wie wir damit seine Erklärungen überhaupt verstehen sollen.

Die Hornbay ist 153 m lang. Der Bauch des Schiffs liegt 5 Stockwerke tief unter dem Wasserspiegel. Das Schiff ist vor 12 Jahren in Pula/Istrien gebaut worden, hat aber schon doppelte Aussenwände. Die Hauptmaschine, eine MAN-Lizenz, schafft gute 20 Knoten. Wir sehen riesige Kompressoren, die u.a. auch wegen der ..zig Kühlcontainer benötigt werden und eine Seewasseraufbereitungsanlage. In den Zwischendecks haben wir Autos für die franz.Inseln geladen, Stückgut und riesige Flügel für eine Windkraftanlage auf Martinique. In den Luken stehen Container, die sich 4-fach übereinander auch auf dem Vordeck auftürmen.

Alles ist pikobello sauber. Trotzdem habe ich so einen Anflug von Ostalgie. Die Fliesselemente/Schalttafeln sehen aus wie aus den Gründertagen der EDV. An zwei Stellen der Rohrleitungen sehe ich abgeschittene Plastikwasserflaschen, aufgehängt an zwei Drähten, die als Tropfenfänger dienen. Das Material in der Werkstatt ist ordentlich sortiert und sauber aber alt. Trotzdem sieht man den Jungs hier unten an, dass sie stolz sind auf das Herzstück der Hornbay. Für die Seemänner „oben" ist natürlich die Brücke das Herzstück.

Es ist laut hier und stickig und stinkt nach heissem Öl und Diesel.

Zwar haben alle ein intelligentes Gesicht aufgesetzt, sind aber froh, nach 1,5 Stunden wieder an Deck zu sein. Gottseidank ist Pavel mit dem täglichen Staubsaugen und Badputzen fertig. Ich reisse ein Fenster auf und lege mich bis zum Mittag aufs Bett.

Erster Sonntag auf See. Heute früh haben wir Flores/Azoren passiert. Das Wetter ist sonnig, Liegestühle werden aufgebaut, das Meer ist tiefblau, im Pool schwappt Seewasser. Leider fühle ich mich wie aufgeblasen. Seit fünf Tagen kann ich nicht auf's Klo. Du liebe Zeit, nun habe ich einen ganzen Sack Pillen dabei, aber dagegen nun gerade gar nichts.

Ich weiss ja, dass der 2. Offizier auch als Sanitäter fungiert. Wenn die Angelegenheit nur nicht so peinlich wäre, hätte ich schon gestern mit ihm gesprochen. Aber es hilft alles nichts. Er hat Wache und ich treffe ihn auf der Brücke. Er ist ein etwas muffeliger Mann. Seine begrenzten Englischkenntnisse sind auch nicht gerade hilfreich. Er meint, ich solle im Liegestuhl warten. Kurz darauf erscheint der Kapitän mit dem 2. im Schlepptau. Nun ist mir die Sache richtig peinlich. Die zwei setzen sich zu mir und der Kapitän beginnt mit einer Befragung. Ich muss gestehen, er macht das sehr seriös und ohne zu grinsen. Da fühle ich mich gleich besser. Er schickt den 2. in die Bordapotheke, sagt mir, wie ich die Tropfen einnehmen soll, bringt mir persönlich noch eine Schüssel Backpflaumen und rät zu Bewegung auf dem Ergometer.

Heute früh bin ich bereits um 6.30 Uhr im Pool. So früh deshalb, weil wir schon den 4. Tag nachts die Uhr eine Stunde zurückstellen und ich mehr als 9 Stunden penne. Da ist man irgendwann endgültig ausgeruht.

Das Wasser ist herrlich, die Sonne gerde aufgegangen, kein Mensch zu sehen. Am Heck geht die Tür eines Containers auf und ich staune nicht schlecht, als der Kapitän mit einem roten Luftballon herauskommt. Er erzählt mir, dass der Cotainer dem Deutschen Wetterdienst in Hamburg gehört. Dieser hat mit der Horn Linie ein Abkommen, dass jeden Morgen und Abend zu festgesetzter

Greenich-Time ein Ballon gestartet wird. An dem hängt ein kleiner Sender, der die Wetterlage nach Hamburg funkt.

Nach dem Frühstück rennen wir auf die Brücke, um Ergebnisse der Wahl in Deutschland zu erfahren. Im Telex steht in typisch amerikanischem Journalistenjargon, dass Schröder bis zuletzt Nägel gekaut hat und am Ende nur haarscharf einer Niederlage entgangen ist.

Vormittags döse ich gemütlich im Deckstuhl, als mir der Kapitän eine E-Mail von Elke aus Lissabon bringt. Mann, ich freue mich riesig, weil es so unerwartet kommt und dass es so unproblematisch funktioniert. Nun will ich das auch probieren und mache mich auf den Weg, meine erste Mail an Brian in Australien auf den Weg zu bringen. Die Radiostation gilt als strategischer Raum und ist für die Allgemeinheit tabu. Also muss ich Gints finden, der mir unten im Cargo Office eine Leerseite auf einem der vier PCs einrichtet. Meine Nachricht wird auf eine Diskette kopiert, die er dem Käptn bringt. Natürlich liest der den Text und verschickt ihn. Hört sich kompliziert an aber ich denke, aus Sicherheitsgründen ist das o.k. (heutzutage ist diese Handhabung undenkbar...) Die Möglichkeit, mit der Aussenwelt ohne viel Aufwand in Kontakt treten zu können muss ich gleich verbreiten. Nach dem Mittag entwickeln sich heiße Gespräche über PCs. Alexander, der Chefkoch, kriegt das mit und schleppt seinen Laptop an, den er auf Landgang bei Saturn in Hamburg gekauft hat und nicht zum Laufen kriegt. Nun sind die Experten erst mal beschäftigt...

Inzwischen schaue ich mich in Alexander's Reich um. Von normal grossen Schiffskombüsen passen hier bestimmt drei Stück rein.

Auch hier sieht alles etwas abgenutzt aus, aber sauber. Von hier geht's in die Vorratsräume. Es gibt separate Kühlräume für Fisch, Fleisch, Molkereiprodukte und Gemüse. Ich entdecke ein Riesenblech Käsekuchen zum Auskühlen. Viktor, der 2. Koch, besteht darauf, dass ich koste. Er und Alexander sind fürchterlich devot als kämen sie aus der Zarenzeit. Jedesmal, wenn sie „bitte" oder „danke" sagen, legen sie die rechte Hand in die Herzgegend. Im Lager für unverderbliche Lebensmittelt steht eine Sackwaage.

Im Laufe der Reise schleicht sich so mancher verstohlen hierher. „Wenn ich auf Guadeloupe Garnelen kaufe", frage ich Alexander und Viktor, „könnte ich die in Ihrer Küche zubereiten ?" „Natürrrlich, Frau Barbara". Wie sich später ergibt, werden die Garnelen verschoben, da laut Kapitän Meeresfrüchte in Port Limon/Costa Rica, viel günstiger sind.

Das Barometer zeigt 28° im Schatten, aber es weht eine ordentliche Briese. Geländer, Klamotten, Haare, alles ist backsig. Ich erfrische mich nochmals im Pool. Das Wasser schwappt derartig, dass mir die Wellen über den Kopf schlagen. Jürgen sieht das und denkt ich gehe unter – son Quatsch ! Nun muss ich die Haare waschen. Hoffentlich trocknen sie in der feuchten Luft bis zum Abendessen.

Es ist bereits 22 Uhr aber immer noch schwüle 30°. Morgen Abend erreichen wir die erste Antillen-Insel – Guadeloupe. Hoerner und Frau von E. wollen einen organisierten Ausflug buchen. Sie sitzen seit 2 Tagen über Karten, Pänen, dem Polyglott und Prospekten. Es wird beschlossen und wieder verworfen mit viel wennste, könnste, vielleicht. Mich macht das ganz kribbelig, weil wir im Moment noch gar nicht wissen, wie viel Zeit wir haben werden, ob eine Tour angeboten wird usw. Ich gehe lieber mit Jürgen und Eckhard über die Märkte und vielleicht kreolisch Essen.

Jürgen hatte heute Waschtag. Mit technischen Hausgeräten ungeübt, hat er ein 3-Stunden-Programm eingestellt. Kommentar von Eckhard: „Da kommt Textilbrei raus".

Tagsüber hat jeder so sein Plätzchen gefunden, aber abends sitzen wir im Salon zusammen. Leider ist Frau von E. gegen Zigarettenrauch allergisch und deshalb abwesend. Allerdings denke ich, wir sind ihr einfach zu albern mit Rotwein, Rum oder Bier und Seemansliedern oder Jägerlatein von Eckhard.

Auf der Brücke hatte ich einen netten Plausch mit dem Kapitän. Er wird nach 4 Monaten Fahrt mit uns zusammen in Hamburg aussteigen und nach 3,5 Monaten Urlaub das Schwesternschiff Horncap übernehmen. Es ist sternenklar; sehr stimmungsvoll. Diese die Stimmung ist schnell vorbei, als ich nach dem Kreuz des Südens frage. Freundlich wird mir gesagt, dass man das nur südlich vom Äquator sehen kann. Ich könnte mich ohrfeigen. Wahrscheinlich denkt er nun, ich sei eine blöde Seekuh.

Heute war den ganzen Tag lang Landgang in Point à Pitre/Guadeloupe angesagt. Man kann das Centrum vom Schiff aus sehen, muss aber dorthin eine ½ Stunde mit dem Auto fahren, da ein Meeresarm zu überqueren ist und nur eine weit entfernte Brücke existiert. Ausser Hoerner und Frau von E. fahren alle per Taxi los. Peter Zeh mimt den Weltreisenden: „Doesch is de Insel da wo's Gewürze gibt" und „mer müsset zusamme bleiben"; das Ganze in bekannter Lautstärke. Ich sage ihm, er möge mich bitte nicht rumkommandieren und gehe ins Tourismusbüro. Dort treffe ich auf unsere Künstlerin. Sie versucht, telefonsichen Kontakt zu einer Behörde auf Martinique herzustellen. Wie sich heraus stellt, haben die beiden Aussteiger zwar ihre Möbel mit an Bord, aber noch keine Bleibe. Ich setze mich unter Palmen auf die Stufen vor dem Gebäude und beobachte das Treiben im kleinen Fischerhafen. Man bewegt sich wegen der Schwüle gemächlich und es stinkt ein bisschen. Hier spielt sich das Leben ab. Urige Gestalten, exotische Fische, Krustentiere, alles ist im Angebot. Dicke Mammies in knallbunten Gewändern feilschen mit den Fischern über deren Fang. Unter bunten, grossen Schirmen sind Gemüsestände aufgebaut, ein Limonadenverkäufer schlängelt sich durch die Menge, weiter hinten bietet ein schwarzer Riese mit Strohhut lebende Hühner an. Jürgen kommt vorbei: „Willste alleene lofen?" Nee. Also los. Der Weg zur Kirche führt steil bergan – die Klamotten kleben einem am Leib. Die Haustüren stehen überall offen und wir sehen Fernseher und Plastikblumen auf Küchentischen. Schon eigenartig, wo überall die schönsten Tropengewächse blühen. In einem kleinen Park finden wir ein schattiges Bistro und trinken jeder 1 Flasche Wasser. Das kommt prompt durch die Poren wieder raus. Wir ziehen weiter und landen auf einem Gemüse- und Gewürzmarkt. Es duftet traumhaft. Hier liegen weisser, schwarzer, roter Pfeffer, Kreuzkümmel, Zimtstangen, Muskatnüsse, Sternanis, Vanilleschoten – alles zu netten Pyramiden aufgetürmt. Ich kann mich nicht bremsen. Am Ende bin ich 25,- € los und wahrscheinlich bis zum Ableben mit Gewürzen eingedeckt.

In einer Strassenpinte treffen wir auf ein paar unserer Mitreisenden. Eckhard ist selig, er hat bekommen, wonach er suchte, nämlich einen Zirkel und diverse Malstifte. Er arbeitet an einer Seekarte. Auf Längen- und Breitengraden korrekt trägt er täglich unseren Kurs ein, der, wie sich herausstellt, fast parallel zur Columbusroute verläuft. Dessen Schiffe Sta. Maria, Pinta und Nina hat er schon eingezeichnet. Auf die Ränder der Karte verteilt werden im Laufe der Reise Tiere aus der jeweiligen Region gemalt.

Da er seine Einkäufe zusammen hat trinkt er jetzt ein Bier nach dem anderen, denn „auf dem Schiff gibt's kein Fassbier". Dabei schwitzt er sowieso schon im Sitzen. Er hat ein durchgerissenes Handtuch, was, wenn er's nicht benutzt, halb aus der Hosentasche hängt.

An dieser Ecke muss jeder mal vorbei. Nach und nach sind wir komplett. Ich brauche noch Zutaten für die Feijoada (brasil. Nationalgericht), die ich zu meinem Geburtstag für alle kochen will. Bis auf Eckard ziehen wir los – hoffentlich verpasst er nicht das Auslaufen des Schiffs. Auf einem anderen Markt finde ich schwarze Bohnen, Knoblauch, Pökelfleisch, Schweineschwänzchen und Rippchen. Mir fehlt noch Eisbein und für den Salat Palmenherzen sowie Zuckerrohrschnaps – weisser Rum - für Caipirinha. Das werde ich morgen auf Martinique besorgen.Einige von uns haben sich wohlweislich im Zentrum verabschiedet, wo es noch Taxen gibt. Peter Zeh (der keine Weisheiten mehr von sich gibt), Jürgen und ich laufen und laufen. Das Schiff ist immer in Sichtweite, aber scheinbar unerreichbar. Endlich finden wir ein Taxi. Die Lebensmittel werden bei Alexander deponiert und dann geht's ab in den Pool.

Beim Abendessen berichtet jeder von seinen Erlebnissen. Hoerner und Frau von E. haben eine Rumbrennerei besichtigt und an einem Palmenstrand mit echtem Caribic-Postkartenflair gebadet und Mittag gegessen.

Vor dem Ablegen habe ich noch einen Plausch mit dem Kapitän und dem Chief. Ich lade sie und die nicht diensthabenden Offiziere für den nächsten Abend zum Essen ein. Wir reden uns fest über

Rezepte, Macumba in Brasilien, Woodoo auf Haiti, Kommunismus in ihrem Land und die aktuelle politische Lage.

Heute sind wir schon um 8 Uhr früh per Taxi ins Zentrum von Fort de France/Martinique gefahren, was voreilig war, weil Tourismusbüro und Geschäfte erst ab 10 Uhr ganz allmählich die Jalousien hochziehen. Die Insel ist anders als Guadeloupe. Gepflegte Parks und Villen. Die Bibliothek ist in einem Kolonialbau mit vielen geschnitzten Veranden untergebracht und der Regierungssitz befindet sich in einem schneeweissen klassizistischem Gebäude. In einem klimatisierten Supermarkt finde ich Palmenherzen in Dosen, frisches Eisbein, eine Art Landjäger und Cachaça. Bei einem Jungen mit einem Karren kaufe ich 1 kg Limetten für die Caipirinha und zahle 1 Euro. Für 1 Euro bekomme ich zu Hause höchstens 3 Stück. Maren und Rolf sammeln Rumflaschen – natürlich mit Inhalt. Hier haben sie eine grosse Auswahl. Eckhard will das Fort besichtigen.

Ab 16 h ist Kochen angesagt. Jürgen und Alexander helfen fleißig mit. Draußen zeigt das Thermometer 36° im Schatten. Herd und Backofen heizen die Küche noch weiter auf. Die Feijoade köchelt so vor sich hin. Wir richten 17 Portionen Salat an, verzieren 17 Gläser mit Kristallrand und zerstampfen für jedes Glas eine ½ Limette mit Zucker. Netterweise kocht Alexander um 19 h den Reis und ich kann duschen und mich anhübschen. Am nächsten Tag fängt mein Geburtstag mit einer kleinen Unstimmigkeit an. Vor dem Frühstück treffe ich den Kapitän beim Schwimmen; fluchtartig verlässt er den Pool. Später frage ich ihn, ob ich an einer ansteckenden Krankheit leide. Es stellt sich heraus, dass es strickte Vorschriften gibt: Passagiere haben im Pool den Vorrang. Ich finde das für beide Seiten diskriminierend.

Zum Frühstück singen alle ein Ständchen, Eckard hält eine Rede, die Geburtstagstorte wird angeschnitten und der Kapiktän überreicht mir einen Regenschirm in den Reedereifarben blau-rot. Von meinen Mitreisenden bekomme ich eine grosse Flasche Black Label mit dem dezenten Hinweis, dass man natürlich kosten möchte. Dann holt Maren einen Strauß Strelizien, den sie seit Martinique im Kühlraum versteckt hatte. Von all dieser

Herzlichkeit bin ich ganz gerührt und als Krönung finde ich an meiner Kabinentür noch 4 E-Mails von zu Hause.

Nun können wir 1 ½ Tage die Caribic geniessen, bevor wir Cartagena/Kolumbien anlaufen. Es ist schwül, kein Lüftchen weht.

Vereinzelt sieht man fliegende Fische im tiefblauen Wasser. Die Jungs „überprüfen" im Kartenhaus unseren Kurs, derweil Peter Zeh wie festgenagelt ohne Kopfbedeckung in praller Sonne auf dem Peildeck steht. Er nennt das „whale watching".

Ein langer Tag liegt hinter uns. Es ist 22 Uhr und ich bin geschafft. Am späten Vormittag sind wir in Cartagena angekommen. Während der langen Einfahrt erkennt man die Skyline einer Großstadt. Mir ist ganz flau bei 36° und 90 % Luftfeuchtigkeit. Gestern hatte ich Hoerner und Frau von E. zugesagt, an ihrer 4-stündigen Stadtbesichtigung teilzunehmen – ihnen fehlte die 3. Person für's Taxi. Um es vorwegzunehmen: Ich mache so etwas nie wieder. Wir fahren zunächst hinauf zum Kloster mit wunderschön bepflanztem Innenhof und Säulengang. Von dort hat man eine berauschende Sicht über die Stadt. Das Kloster liegt so hoch, dass wir sogar auf ein vorbeifliegendes Flugzeug h i n a b schauen. Dann geht's zur Festung, die über unzählige Stufen zu Fuss erklommen wird. Durch die Katakomben tasten wir uns später von Wand zu Wand – es ist stockdunkel und unheimlich. Auf dieser Festung hat Sir Francis Drake gegen die Spanier gekämpft. Nun sollen wir noch zur Zinne ganz oben klettern. Ich passe und setze mich ins Taxi. Die Klimaanlage ist auf „Frost" eingestellt, worauf der Chauffeur besonders stolz ist. Beim späteren Aussteigen beschlägt meine Brille.

Die Altstadt von Cartagena ist vollkommen umschlossen von einer intakten Stadtmauer. Es ist sehr malerisch hier mit gut erhaltenen bunt angestrichenen Kolonialbauen und Innenhöfen. Ich würde gerne irgendwo in einem Strassencafé das Ambiente wirken lassen. Bei den beiden wird aber Kultur ganz gross geschrieben. Frau von E. in ihrem Outfit hebt nicht gerade meine Stimmung: Wanderbuffer mit Ringelsöckchen, knöchellanger Plisseerock – violett, Puffärmelbluse und Stoffhut.

In Kolumbien werden 75% der Smaragde weltweit gefördert. Unser Guide schleppt uns in einen hocheleganten Laden. Mir ist das völlig zuwider. Ich komme nicht hinaus, weil hinter uns sofort abgeschlossen wird. Natürlich würde ich gene eine Edelsteinschleiferei oder Goldschmiede besichtigen. Dieser Neppladen geht mir gegen den Strich. Während die beiden noch 2 Kirchen und einen Konzertsaal besichtigen, sitze ich unter Palmen in einem Park vor dem Bolivar Denkmal. Eine ausgemergelte Frau, die offensichtlich high ist, bettelt. Ein Junge will mir die Stadt zeigen und ein „besserer Herr" lädt mich in sein Juweliergeschäft ein.

Überall sind Polizisten präsent, es ist also alles im grünen Bereich. Überhaupt wird hier viel kontrolliert. Vor dem Ablegen gehen Beamte mit einem Schnüffelhund durch das gesamte Schiff, die Kabinen werden auch nicht ausgelassen. Trotzdem hat man Eckard die Kamera geklaut. Er ist darüber nicht wirklich traurig. Es tut ihm aber wegen des Films leid, weil er unterwegs ein Faultier geknipst hat. Es dauert ein paar Tage, bis er über den Verlust hinwegkommt. Hoerner leiht im seinen Ersatzfotoapparat. Dafür bekommt er später ein wunderschönes, selbstgemaltes Aquarell geschenkt.

Nun ankern wir auf Reede vor Turbo. Das Wasser ist brackig, vereinzelt treiben kleine schwimmende Inseln herum. Es gibt hier keinen Hafen. Von verschiedenen Flussmündungen nähern sich grosse Flösse und kommen längsseits. Auf die Flösse sind Blechbaracken gebaut worden, darin werden unsere Bananen transportiert. Die Hütten werden von kolumbianischen, sehr abenteuerlich aussehenden Arbeitern mittels Winden entladen und die Bananen in Containern im Schiffsbauch verstaut.

Normalerweise weht in oder vor Häfen ausser der Flagge des Gastlandes auch die Reedereifahne. Statt dessen ist DelMonte gehisst. Ich frage wieso. Na, wir befinden üns im DelMonte-Country. Da diesem Konzern auch die Horn Linie gehört, verzichtet man auf die Reedereiflagge.

Steuerbordseits ist das Schiff auf ganzer Länge und Höhe mit Netzen verrammelt. An Backbord gehen Tag und Nacht bewaffnete kolumbianische Pistorelos Wache. Man hat Angst, dass irgendwer dieses Land illegal verlässt und es dann Knatsch mit dem Devisenbringer DelMonte gibt. Eine Seite des Fitnessraumes wurde mit Matratzen ausgelegt, wo die Pistoleros schlafen. Im Office werden sie verpflegt. Allerdings ist ihnen auch sonst alles zugänglich. Nach Abfahrt in Turbo ist ein Videogerät kaputt und sämtliche Ping Pong Bälle zerschmettert. Die Küchentür ist wegen der Netze nicht zu öffen und an Kochen nicht mehr zu denken. Es gibt kalte Platten und Salate, was sogar als Abwechslung empfunden wird. Von der Brückennock aus beobachten wir das Geschehen um uns herum. Auf den Flössen wird auch gekocht und die Arbeiter putzen sich nach dem Essen die Zähne. Manchmal gibt es Unterbrechungen im Beladen, weil auch andere Bananendampfer auf Reede liegen; ein System ist aber nicht erkennbar. Eckard ficht das alles nicht an. Er sitzt versunken über einem Aquarell. Rolf und Maren geben auch bei 36° Hitze ihr Ritual nicht auf: Im Laufe des Vormittags werden ein paar Bierchen gekippt. Ich weiss nicht, wie sie das aushalten oder wo siedas hinstecken, beide sind superschlank. Es ist so heiß, dass es aus dem Kaltwasserhahn in der Dusche lauwarm fliesst. Am zweiten Tag kippt das Wasser im Pool. Nachfüllen geht nicht, wegen des verschmutzten Seewassers.

Aber nach drei Tagen werden die Anker gelichtet, die Decksleute schrubben das Schiff von oben bis unten. Vor Erreichen der offenen See werden wir gestoppt. Ein Schiff der Marine kommt lägsseits und 2 Taucher untersuchen den gesamten Unterwasserrumpf, ob nicht ein Drogenpaket befestigt wurde.

In der Messe hat eine Umbesetzung stattgefunden. Seitdem die Auswanderer das Schiff in Martinique verlassen haben, sitzt Frau von E. zwar nicht alleine, aber trotzdem sehr einsam da, weil Peter Zeh wie ein Säulenheiliger die Mahlzeiten einnimmt und kein Wort sagt. Hoerner hat also sein Sitzkissen genommen (er braucht es, damit sein Kopf nicht auf gleicher Höhen mit dem Teller ist) und kann nun mit Frau von E. auch während den Mahlzeiten Ausflüge planen.

In Costa Rica wird Proviant, vor allem Obst und Gemüse, nachbestellt. Mit Alexander habe ich einen Deal ausgehandelt. Gegen eine geringes „Honorar" packt er vier grosse Tüten mit Papaya, Limonen, Ananas, Bananen und Passionsfrüchte und bewahrt sie für mich bis Hamburg im Kühlraum auf. Ich selbst besorge auf dem Markt von Port Limon noch Kokosnüsse. So habe ich nette Mitbringsel für die Lieben zu Hause.

Für drei Tage liegen wir nun in Moin. Das ist die Bananenverladestation vom eigentlichen Hafen Port Limon. Was ich so vom Schiff aus sehen kann, gefällt mir auf Anhieb: Üppige Urwaldvegetation in allen grün bis dunkelblauen Schattierungen, exotische Vögelrufe, grandiose Wolkenformationen – aus denen plötzlich ein Tropenregen runterdonnert – und kurz daraufwunderschöne Regenbögen, die den Guss vergessen lassen.

Alle sind sich einig, eine Fahrt durch den Mangrovenurwald auf dem Tortugero, (spanisch Tortuga = Schildkröte) einem Fluss-Kanal-System zu wagen.   Seeschildkröten kommen an der Flussmündung regelmässig in diese Gegend zum Eierablegen. Die Fahrt dauert 4 Stunden. Wir steigen in ein flaches, wackeliges Boot mit Aussenbordmotor und Baldachin. Ab und zu manövriert der Steuermann rückwärts, um dichter ans Ufer zu gelangen. Wir werden dann von einer blauen, stinkigen Dieselwolke umnebelt, wobei selbst dem eingefleischesten Raucher die Lust auf eine Zigarette vergeht. Trotzdem ist es atemberaubend schön. Wir sehen unzählige bunte Vögel, von denen ich nur Aras kenne, Schmetterlinge, ein Faultier und Affen in den Bäumen. Nach einer Weile legen wir an einem wackeligen Steg zum Tanken an. Alle steigen aus und strecken die Beine. Durch eine Lichtung im Bambuswald entdecken wir das Meer und im Dunst erkennt man unser Schiff. Eckard schaut sehnsüchtig auf die Hornbay – er würde viel lieber an seiner Seekarte arbeiten.

Wir fahren weiter. Ab und zu treffen wir Fischer, die vom Einbaum aus angeln. Ohne Vorwarung geht's los: Tropenregen. Der Baldachin nützt gar nichts. Der Regen peitscht von vorne und von den Seiten. Regenhäute werden verteilt, Es sind aber nicht genug vorhanden, ausserdem haben sie Risse. Gisela sitzt ganz vorne.

Alle paar Minuten steht sie auf – das Boot schwankt – und schöpft Wasser aus ihrem Schalensitz. Ich hatte die Nacht auf Lockenwicklern geschlafen. Die Pracht ist hin. Obwohl alle bis auf's Unterhemd nass sind,ist die Stimmung grossartig. Zum Umkehren ist unser Steuermann nicht zu bewegen. Er tut einfach so, als verstünde er uns nicht; wir müssen das volle Programm durchziehen. Allmählich nähern wir uns der flachen Flussmündung. Auf Sandbänken sonnen sich riesige Krokodile. Wir vergessen die nassen Sachen und sind entzückt.

Zurück an Bord läuft uns der Kapitän über'n Weg. Er feixt sich einen; solche Vogelscheuchen wie uns hat er lange nicht gesehen.

Wir duschen und dann geht's ab nach Port Limon, wo wir uns in einem chinesischen Strassenbistro stärken. Dann geht jeder seiner Wege: Frau von E. auf der Suche nach Kultur, Rolf und Maren haben von einer Rumsorte gehört, die in ihrer Sammlung noch fehlt. Ich suche und finde mit Jürgen den Fischmarkt. Wir kaufen 3 kg frische Gambas, Knofi und ein grosses Bund Petersilie. In der verwinkelten, dunklen Gemüsehalle gibt es Kokosnüsse. Allerdings muss ich da rasch wieder raus, es ist mir zu stickig und stinkig da drin. Unzählige Strassenhändler und 2 klimatisierte Supermärkte, mehr Sehenswürdigkeiten hat der Ort nicht zu bieten.

Jürgen, Eckard und ich ruhen uns bei Mineralwaser aus. Plötzlich liegt Jürgen mit erstaunt aufgerissenen Augen auf dem Rücken. Die Plastikbeine seines Stuhls tragen diesen Riesen nicht, sie haben ganz langsam nachgegeben. Er hat sich nicht wehgetan und das Gelächter ist gross. Der Wirt stapelt nun einfach zwei Stühle ineinander und vorsichtig nimmt er wieder Platz.

Wir sind gerade rechtzeitig zurück an Bord, um vor dem Abendessen noch rasch zu duschen – zum 3. Mal heute.

Im Salon erwartet uns Besuch. Michelle, eine junge, stramme Schweizerin mit einer Frisur wie Witwe Boldte. Sie arbeitet für 1 Jahr als Krankenschwester in San José. Aus Verbundenheit zum Schiff – welche Person genau dahinter steckt, kriegen wir nicht raus – kommt sie alle 5 Wochen mit dem Bus nach Moin, wenn die Hornbay oder eines der zwei Schwesternschiffe hier festmacht.

Dann sitzt da ein Herr mit gewaltiger Knollennase, der vor acht Jahren hierher ausgewandert ist. Herr Beck hat sich in einen grauen Anzug gezwängt und trinkt genüsslich ein deutsches Bier. Er redet ohne Luft zu holen und man merkt, dass trotz allem Erfolg, den er hier hat, eine hübsche chinessiche Frau und ein Gästehaus sein Eigen nennt, Heimweh an ihm zehrt. In seinem Keller fabriziert er pommersche Mett- und Leberwurst und versucht, Alexander ein paar Kilo davon zu verkaufen.

Zum Frühstück erscheint zu unserem Erstaunen Michelle und sitzt am Kapitänstisch. Wisper, wisper, wo hat sie geschlafen ? „Im Hospital", berichtet Sergej. Trotzdem muss ihr Gschpusi zur höheren Charge gehören, sonst wäre das nicht möglich.

Herr Beck hat sein Versprechen gehalten und uns Ernesto, einen Ein-Mann-Reiseunternehmer geschickt; wir wollen eine Bananenplantage besichtigen. Kurzerhand wird Ernesto zum Frühstück eingeladen und dann geht's los; im Minibus auf holpriger Landstrasse. Durch dichten Urwald erreichen wir ein Plateau und stehen vor einem verschlossenen Tor, dahinter ein riesiges eingezäuntes Areal. Über dem Tor hängt ein Schild „Wir sind dankbar, hier arbeiten zu dürfen". Schlagartig habe ich eine grässliche Assoziation: „Arbeiten macht frei"....

Dass man uns überhaupt unangemeldet hineinlässt liegt daran, dass die Reederei zum Multi-Konzern DelMonte gehört. Auf einem Vorplatz dürfen wir parken. Ringsherum stehen zwei Reihen ebenerdige, barrakenähnliche Wohnunterkünfte und ein grosser firmeneigener Supermarkt. Die Plantage liegt weit entfernt von Dörfern oder Port Limon, eine Busverbindung existiert nicht, so dass die Platagen-Arbeiter – natürlich gegen Bezahlung – hier wohnen und einkaufen müssen. Ein Mitarbeiter kommt angerannt und führt uns durch die Felder.

Im Schatten von vereinzelten Urwaldriesen stehen kilometerweit, in geraden Linien, Bananenstauden auf Grünflächen, immer im 3er Pack: kleine, mittelgrosse mit beginnender Blütenbildung und ausgewachsene mit schweren Bananen-Kolben, die gegen Insekten- und Spinnenbefall in blaue Plastiksäcke gehüllt sind. Beim Näherkommen entdecken wir zwischen den Reihen der Bananenstauden tiefe, breite Gräben, über die zwei Trossen laufen, an denen abgeerntete Bananenkolben baumeln. Und dann weiche ich entsetzt zurück: Unten im Graben läuft ein Arbeiter. Eine lange Kette an seinem Lederriemenleibchen ist oben mit der Trosse eingehakt und so werden die schweren blauen Säcke bis zum Verladeplatz im wahrsten Sinne des Worte durch *manpower* befördert – fotografieren unerwünscht.

Auf dem Verladeplatz hackt man handliche 8 bis 10er Packs Bananen vom Kolben und desinfiziert sie in einem Chemiebad. Hinterher Trocknung, kleine Etiketten werden aufgeklebt und die Bananen in 25 kg Kartons verpackt, die in bereitstehende Container gestapelt werden. Der weitere Weg ist bekannt: Transport zum Schiff, Verladung; nach Ankunft in Deutschland Lkw-Beförderung zu den Grossmärkten und Verteilung an Supermärkte. Im Handel kostet 1 kg Bananen keine 3 Euro; wenn man die Seefracht, Transport innerhalb Deutschlands, Marge Gross- und Einzelhandel berücksichtigt, wage ich nicht auszurechnen, wieviele Cent für die Arbeiter auf der Plantage übrig bleiben – mir vergeht der Appetit auf Bananen .

Physisch und psychisch angeschlagen freuen wir uns auf eine ruhige Seereise. Bis Dover sind 12 Tage vorgesehen. Wir haben ordentlich Seegang, aber die Hornbay pflügt vollbeladen wie ein Brett durch die Caribic. Heute früh passierten wir Jamaica; nachher liegt an Backbord Kuba und später ist an Steuerbord Haiti zu sehen. Es weht immer noch heftig, aber das große Ereignis – Barbeque an Deck – wirft seine Schatten voraus. Am Nachmittag werden im Zwischendeck verzurrte Tische und Bänke auf's Sonnendeck geschleppt, eine bunte Lichterkette installiert und Tischdecken – wegen des Windes – festgenagelt. Will mal sehen, womit Alexander beschäftigt ist. In der Küche herrscht Hektik. Filetspiesse sind in Vorbereitung, Salate werden geschnippelt, gelbe Ananas- und rote Melonenscheiben geschichtet, Chicken Wings und Riesen-Shrimps gebraten, eine Räucherfischplatte dekoriert. Schnell verdrücke ich mich wieder. Ich treffe auf Gints, der aus dem Vorratsraum zwei 50 l Fässer Bier und eine große Sauerstoffflasche nach oben schleppt. Eine Zapfanlage gibt' s allerdings nicht und ich bin gespannt, wie die das nachher anstellen wollen . Ab 18 Uhr sitzt fast die gesamte Crew am langen Tisch. Den zwei Wachhabenden auf der Brücke und dem 2. und 3. Ing. im Maschinenraum werden große Teller mit Leckereien gebracht. Als die Passagiere eintrudeln, bekommt jeder eine Plastiktüte für Abfälle. Wir müssen uns draufsetzen, die Beutel würden sonst wegfliegen. Der Clou ist die fehlende Zapfanlage. Gints, gewandet im schönsten Hawaiihemd, füllt mit Hilfe eines Schlauchs und der Sauerstoffflasche Bier vom Fass in große Kochtöpfe und von dort in Glaskrüge. Es ist eine Riesenpanscherei. Jürgen ruft „es ist noch Suppe da". Der Schwabe Peter Zeh genehmigt sich normalerweise ein Bier pro Abend. Heute wird nicht gezählt, es kostet ja nichts. Natürlich wird das von den anderen entsprechend kommentiert. Als Käptn Rolf fragt, ob er freihändig trinken könne. macht der sich zum Clown, nimmt seinen Humpen mit den Zähnen hoch und prompt ergießt sich der Segen über ihm. Ein Decksmann holt seine Gitarre. Wir versuchen uns mit dem Schleswig-Holstein Lied, was nicht so ganz klappen will. Daraufhin bringen Sergej und Gints die Stereoanlage aus dem Salon an Deck und vereint grölen wir zu den schönsten Shantys.

Am nächsten Tag geht es den Helden schlecht. Jürgen hat auf dem Peildeck geschlafen; angeblich, um den Sternenhimmel zu bewundern. Von seinen Kabinennachbarn wird berichtet, dass Gisela mit ihrem Bettzeug nach oben in die Bibliothek umgezogen ist, weil Günther müffelte und einen Wald abgesägt hat. Eckard ist zum Nachmittagskaffee noch etwas verwirrt und streut Salz auf den Pflaumenkuchen; er dachte, es sei Pizza. Wir haben alle zu viel gegessen und sind dankbar, dass es abends die Gambas aus Pt. Limon gibt: Gebraten mit viel Knofi, Petersillie und etwas Chili, dazu frisch gebackenes Baguette – lecker !

Alle geniessen die ruhige Tage, jeder auf seine Weise. Es herrscht Windstille. Das Meer ist tintenblau und sieht aus wie Öl, völlig unbewegt bis auf die türkisfarbene Heckwelle. Seit kurzem haben wir die Caribic verlassen. Ab 22 Uhr werden jetzt 6 Tage lang die Uhren wieder jeweils 1 Stunde vorgestellt. Auf der Brücke treffen sich nun täglich gegen 10 Uhr Käptn und der Chief zum Morning Tea. Ich schliesse mich dem kleinen Plausch an. Die Anspannung der Hafentage ist vorbei, was man den beiden ansieht. Nachmittags habe ich mit Frau von E. längere Unterhaltungen. Sie erzählt, wie stressig ihr Eheleben verlief, ausländische Besucher in ihrem Gästezimmer, kurz anberaumte Dinners, Schreibkram für ihren Mann, Haushalt, zwei Kinder, eigene Berufstätigkeit an der Uni. Vor 8 Jahren wurde sie geschieden. Seitdem ist sie aufgelebt und kann eigenen Interessen nachgehen .

Hurra, die Flirtline funktioniert noch; ist wohl doch altersunabhängig, wie schön ! Ich habe mich um 10 Uhr mit Gints am PC auf der Brücke verabredet und will eine Urkunde für Alexanders morgigen Geburtstag basteln. Die Kiste hat Macken. Plötzlich steht der Käptn in der Tür. Ich sage ihm, was ich vorhabe und darf mit ihm ins Allerheiligste, den Funkraum. Er läßt mich dort sogar allein werkeln. Zurück auf der Brücke finden Käptn und Chief meine Creation „ganz hübsch". Dann meint Käptn, dass er ab Antwerpen als Passagier fährt und kein Bett mehr hat. „Oh" sage ich. Die Crew wird in Antwerpen abgelöst, wobei die unteren Chargen von Brüssel aus nach Hause fliegen, Kapitän und Chief aber wegen der Schiffsübergabe in 2-facher Besetzung bis Hamburg mitfahren. Das Hospital ist ab Dover wieder mit einem Passagier besetzt und er weiß nicht, wohin. Grinsend erzählt er mir diese Story und sieht mich dabei mit so einem Lady Di Blick an. Und ich dachte, er hat Fischblut in den Adern. Viel zu überrumpelt, um etwas Gescheites zu sagen erwidere ich: „Die Reederei hat sicher eine Lösung, sie läßt ihre Kapitäne wohl nicht im Liegestuhl schlafen"!

Heute morgen treten alle 10 Passagiere in der Küche zum Ständchen an. Die Urkunde habe ich mit einem Magnet an den Kühlschrank gepinnt und jeder hat 5 Euro angeheftet. Eckard überreicht eine selbstgemalte Karte. Da ist Alexander im griechischen Gewand, lorbeerbekränzt, zu sehen; vor sich ein Stehpult, an dem die Menüs kreiert werden. Frau von E. hat gedichtet und alle haben unterschrieben. Vormittags sitze ich mit Hoerner und Frau von E. windgeschützt auf dem Brückendeck. Es wird nicht geredet, jeder ist in seinen Schmöker vertieft. Breit grinsend überreicht der Käptn Hoerner eine Mail. Der ist so baff, dass er die Mail gleich an mich weiterreicht. „Nee", sage ich, die ist von Michelle für dich. Sie ist zurück in San José und bedankt sich für das reizende Gespräch, das sie mit Hoerner auf der Hornbay hatte, eine ganze lange Seite bla bla. Auch soll er alle Mitreisende grüssen. Er macht das beim Mittagessen, stellt sich mitten in der Messe auf und verliest die Mail. Alle fragen sich, wie er zu dieser Ehre kommt. Ein seitlicher Blick zum Kapitänstisch zeigt mir, dass man tief über den Tellern hängt und bemüht ist, nicht zu grinsen.

Zum schon üblichen Vormittagsplausch erzählt Käptn von seinen Süd-Amerika und Fernost Reisen. Ich berichte, warum ich so gerne „zur See fahre". Vielleicht wurde es mir vom Opa eingepflanzt. Als ich 4 Jahre alt war, schwärmte er von seinen Fahrten auf dem Segelschulschiff Gneisenau, wenn wir im Nachkriegs—Berlin bei Stromsperre und Petroleumlicht auf dem Sofa lagen und er seine Piepe paffte.

Für abends ist überraschend das Abschiedsessen auf's Programm gesetzt worden, obwohl wir noch 6 Tage Bordleben vor uns haben. Es liegt daran, dass für die nächsten Tage im Ärmelkanal Sturm erwartet wird, da würde keine Gemütlichkeit im Salon aufkommen. Die Mannschaft erscheint zum ersten Mal wieder in dunkelblauer Winteruniform Ich frage mich, wie die das mit den blütenweißen, gestärkten Oberhemden machen . Einen so großen Vorrat können sie nicht mithaben und es gibt keine chinesische Wäscherei an Bord, wie z.B. auf Kreuzfahrtschiffen. Käptn hält eine Rede. Er hofft, dass seine wichtigste Fracht, also wir, die Reise genossen hätten. Nachdem Eckard mich unterm Tisch anstösst, erwidere ich brav „on behalf of my co-passengers and myself", dass wir uns für die super Betreuung, die Geduld und das menschliche Klima an Bord sehr bedanken und der eine oder die andere von uns bestimmt nochmals mitreisen wird.

Mit dem Klima-Ingenieur (er ist für die Regulierung der Kühlcontainer verantwortlich) und dem 1. Offizier gerate ich später an der Bar in heiße politische Diskussionen. Der Erste ist vom heutigen Russland total begeistert. Tschernobil bzw. die Folgen, Armut der Rentner, Korruption, Mafia-Machenschaften der Oligarchen, leugnet er. Der Klima-Ing. und ich sind anderer Meinung. Vielleicht liegt das daran, das wir älter sind und für uns die Möglichkeit, heutzutage an jeder Ecke Vodka kaufen zu können, nicht die Erfüllung ist. Nach einigen Drinks fragt der Ing. nach meiner Kabinen-Nummer. Gints fällt der Unterkiefen runter, er ist total verlegen. Nun ist meine Nummer kein Geheimnis, weil auf der Brücke eine entsprechendes Verzeichnis aller Passagiere und der Crew aushängt. Das sage ich ihm und er ist's zufrieden.

Obwohl wir noch gut 4 Tage bis Hamburg vor uns haben, liegt Abschied in der Luft. Frau von E. und Hoerner machen mich mal wieder ganz nervös. Wie wird der Landgang in Dover, was muß man sich ansehen, wie kann man bezahlen; wie, was, wann, wenn. Ich sage, das findet sich, wenn's soweit ist. Hoerner strahlt. „Uns kann nichts passieren, wir haben Barbara". „Nee", sage ich, „Barbara macht sich selbständig". Den Zirkus wie in Cartagena will ich nicht wiederholen . Ich habe auf der Reise kaum etwas zusätzlich ausgegeben. Vielleicht entdecke ich in einem Trödelladen ein Bild, wie damals in Bornmouth, als ich zufällig ein ungerahmtes Aquarell von einem Segelschiff fand.

Wir haben in Dover festgemacht. Die White Cliffs of Dover sind zum Greifen nah. Auf dem hochgelegenen Fort weht der Union Jack. Alle halbe Stunde kommen und verlassen grosse Fähren von und nach Calais, Belgien, Holland und spucken Pkw, Busse und Lkw aus. Gints sagt uns, das Verlassen des Hafengebietes ist nicht einfach. W i e kompliziert das ist merken wir, als Jürgen, Eckard und ich nach einer dreiviertel Stunde strammen Fußmarsch an einem geschlossenen Tor nicht weiter können. Man kommt nur mit Chipkarte hinaus. Bei Notfällen könne man das Wandtelefon benutzen. Ich erkläre dem Herren am Ende der Leitung unsere Situation. Nach einer Weile nähert sich ein Auto der Hafenbehörde. Eine nette Dame erklärt uns, sie könne zwar aufschliessen, wir kämen später ohne Schiffspapiere aber im Terminal nicht wieder hinein. Oh je, zurück zum Schiff, Papiere besorgen und den ganzen Weg noch einmal ? Sie hat Verständnis und fährt uns bis vor die Gangway, wartet sogar, bis wir von Gints einen Zettel haben, der uns als Crewmitglieder ausweist und bringtuns aus dem weitläufigen Gelände durch mehrere Sperren bis vor das Terminalgebäude. Obwohl hier pausenlos Menschen aus dem Euro-Raum ankommen, akzeptiert der Taxifahrer nur Pfund, notfalls auch Dollars. Gottseidank haben wir ein paar Dollars einstecken.

Im Zentrum trennen wir uns für 2 Stunden. Dover ist sauber, macht aber den Eindruck, als seien die besseren Tage passé. Viele Häuser und Läden stehen leer und irgendwie sieht alles etwas abgerissen aus. Antiquitäten- oder Trödelläden gibt es gar nicht. Statt dessen decke ich mich in einem Drugstore mit Yardley Produkten ein und kaufe bei Mark & Spencer einen wollweissen Pullover. (Eckhard sagt später Feinripp dazu...). Vor Reiseantritt hatte ich eine Visa-Karte beantragt und zum ersten Mal muss ich hier in Dover damit bezahlen.

Zum vereinbarten Zeitpunkt treffen wir uns. Eckard hat Stilton Käse und Plumpudding gekauft. Also, diesen Weihnachtspudding möchte ich als Mitbringsel auch noch besorgen. Dann wollen wir ungebingt in einen zünftigen Pub. Mangels englischer Pfund muss Jürgen seine Kreditkarte am Tresen hinterlegen, man könnte ja türmen. Wir sitzen eine ganze Weile, da man bei Kartenzahlung mindestens 20 Pfund Zeche machen muss, das entspricht ca. 30 Euro.

Vor einem Supermarkt finden wir später ein Taxi free call Telefon und bezahlen mit den letzten zusammengekratzten Dollars. Am Terminal angekommen, beginnt die Odyssee von neuem. Nach längerem Umherirren landen wir beim belgischen Konsul. Es wird beratschlagt und telefoniert. Fussgänger sind im Hafengelände von Dover einfach nicht vorgesehen. England versucht, sich vor illegalen Einwanderern zu schützen. Irgendwann erscheint die freundliche Dame vom Vormittag und fährt uns bis zum Schiff. Zum Abendessen sind alle wieder komplett und jeder berichtet von seinen Erlebnissen.

Einen Neuzugang haben wir auch, Miss Gene Fairwether, so Mitte 30, aus London. Sie macht „unsere" Reise, nur eben in umgekehrter Reihenfolge. Mir erscheint sie etwas verwirrt. Jürgen hat sie erzählt, dass sie auf dem Weg zu ihrer Schwester in Guatemala ist, Gisela erfährt von einer Schwester in Belize und ich von einem

Wiedersehen mit einer Schwester in Panama. Natürlich kann sie drei Schwestern haben, aber die Hornbay läuft keines der genannten Länder an. Ausserdem hat sie angeblich kein Geld mit. Sie glaubt „everything on board is for free". Mir tut sie leid. Wenn in Hamburg eine ähnlich verrückte Gang an Bord kommt wie wir es sind, wird sie es nicht leicht haben, zumal man ja nicht vorausahnen kann, ob sich der neue Kapitän verständig zeigt.

Nach dem Essen bittet Alexander mich zu einem Gespräch, er hat einen Herzenswunsch. Morgen in Antwerpen muss er aussteigen. Er möchte seiner lettischen Freundin, die in Hamburg studiert, Geld zukommen lassen. Ob ich das übernehmen würde. „Kein Problem", sage ich und wo ich sie denn treffen soll. Am Hauptbahnhof, ein Bild von ihr hat er aber nicht. Nee, das ist mir zu unsicher. Ich schlage vor, dass seine Freundin zu Helga kommt, ich muss dort ja sowieso mein Auto abholen. Er will seiner Freundin eine entsprechende SMS schicken und überreicht mir schon mal den Geldumschlag.

Am späten Vormittag sind wir in Antwerpen angekommen. Auf der Fahrt scheldeaufwärts sind keine idyllischen Windmühlen zu sehen sondern viel Petrochemie und andere stinkende Fabriken – die moderne Zivilisation hat uns wieder.

Im Vergleich zu Dover ist die Fahrt ins Zentrum das reinste Vergnügen. 200 m von unserem Liegeplatz entfernt fährt ein öffentlicher Bus. Als Gruppe von 9 Personen braucht jeder nur 60 Cents zu zahlen.

Antwerpen mit den alten Prunkbauten ist sehr schön und elegant. Eckhard geht ins Rubens Museum, was ich schon kenne. Jürgen kauft Mitbringsel für sein Enkelkind, während ich in Luxusläden Antiquitäten, Mode und Delikatessen bestaune. Später laufen wir durch die Altstadt. Es ist bezaubernd. Überall Fachwerkhäuser, winklige Gassen, jede Zunft hatte früher ihr Gebiet, daher die vielen Märkte, die imposante Kathedrale, das schwimmende Schiffsmuseum im alten Hafen, die vielen Restaurants und vor allem die Confisserien. Einige sind plüschig, andere vornehm. Jeder Laden stellt sein eigenes Konfekt her. Natürlich komme ich da nicht daran vorbei. Zufällig landen wir in einer Nebengasse in einer urigen Kneipe ohne Touristen. Büroangestellte und Kaufleute trinken ihr Trappistenbier. Ein fein angezogener Herr erklärt uns, was es mit dem Namen „Antwerpen" auf sich hat. In grauer Vorzeit beherrschte ein Riese die Gegend. Er stand mit einem Bein auf dem linken und mit dem anderen Bein auf dem rechten Ufer der Schelde und griff sich vorbeifahrende Schiffe, die er vor Zorn in der Faust zerdrückte. Ein paar mutige Seemänner hackten ihm die Hand ab und warfen sie ins Wasser. Daher (h)ant werpen.

Die Essenszeit ist längst vorüber, als wir uns auf den Heimweg machen. Jürgen mit Stadtplan immer voraus. Meines Erachtens hält er das Ding falsch herum, ausserdem kann man im Dunkeln die klein gedruckten Straßennamen sowieso nicht entziffern. Jeder von uns hat eine andere Vorstellung, wo der Hauptbahnhof liegt und zieht seiner Wege. Nach einer halben Stunde wird mir klar, dass ich im Kreis laufe. Gleichzeitig kommen mir zwei vertraute, nasse, traurige Gestalten entgegen, die sich auch verirrt haben. Und dann schauen wir mal auf ein Laternenschild und da steht Central Station drauf.

Der Tag bzw. die Nacht hat es in sich. Ich sitze im Pyjama am Schreibtisch und notiere ein paar Stichworte über das heutige Geschehen. Da donnerte es an meiner Tür. Nein, es ist nicht der Klima-Ing., auch nicht der Kapitän auf der Suche nach einem Bett. Eckhard will sehen, wie ich hause. Wir essen belgische Pralinen und er erzählt aus seinem ereignisreichen Leben. Dass alles sehr sittsam abläuft, glaubt mir zu Hause kein Mensch. Irgendwann setze ich Eckhard mit der Bemerkung, frische Luft tut gut, vor die Tür.

Hoerner ist in dieser Nacht auch unterwegs. Die Nacht über wird am Kai gearbeitet, was mit Geräuschen verbunden ist. Vermeintlich hört er Feueralarm, zieht sich vollständig an und erscheint mit Schwimmweste auf dem Musterdeck. Ich würde in einem solchen Fall haste was kannste an Land rennen. Er ist ganz erstaunt, dass weit und breit niemand zu sehen ist. Frustriert begibt er sich zurück in die Koje.

Wir sind schon an Vlissingen vorbei. Morgen gegen 15 Uhr sollen wir in Hamburg sein . Ich schicke eine letzte Mail an Ilo und Mike mit der Bitte, mir für Sonntag Abend ein paar Lebensmitteln zu besorgen.

Auf der Brücke sehe ich alles Doppelt. Die Hornbay wird von 2 Kapitänen und vier Offizieren gesteuert. Der neue Kapitän ist höchstens Mitte 30. Er macht einen sehr ehrgeizigen Eindruck und sieht so aus, als käme er dirket von der russischen Kriegsmarine. Ich glaube, die nächste Fahrt unter seinem Regiment wird nicht so locker und lustig wie unsere Reise.

Abends sitzt die alte Crew als Passagiere mit uns im Salon. Käptn schläft in der Bibliothek, der Chief im TV-Raum. Der neue Gints heisst Viktor. Er ist genau so zackig wie sein Kapitän.

Wir haben die Halligen und Helgoland schon hinter uns gelassen, um 11 Uhr passieren wir Cuxhaven. Bald löst der Hafenlotse den Elblotsen ab. Gene Fairweather geistert durchs Schiff und fragt jeden, welcher Stadt wir uns da nähern. Vom Willkommshöft bei Wedel weht die liberianische Nationalhymne zu uns herüber.

Als wir Schuppen 45 ansteuern sind alle auf der Brücke versammelt. Es herrscht Hektik aber auch Wehmut. Käptn steht neben mir. Ich frage, wann sein Urlaub zu Ende ist. Er übernimmt am 20.02. die Horncap in Antwerpen, ist am 24. in Hamburg und hätte am 25.02. Zeit. Ich verspreche, ihn abzuholen und die schönsten Sehenswürdigkeiten von Hamburg zu zeigen.

Schiff: MS Homere, Containerschiff

Zeit: Januar 2010

Reederei: CMA CGM, Marseille

Route: Rotterdam/NL – Tilbury/GB - Le Havre/Frankreich

          Sint Maarten/NL Antillen - Port of Spain/Trinidad -

          Dechard des Cannes/Franz.Guayana - Belém + Fortaleza

          + Natal/Brasilien – Algeciras + Vigo/Spanien -

          Rotterdam/NL

Nie wieder Deutsche Bahn zu Feiertagen im Winter !

Die Anreise nach Rotterdam, um mein Schiff mit dem stolzen Namen „Homere" zu erreichen, gestaltet sich holprig. Eigentlich sollte es am 20. Dezember in Rotterdam ablegen. Es wurde mehrfach verschoben und jetzt auf dem 01. Januar verlegt. Nun, das kommt wetterbedingt bei Frachtern vor. Die Zugfahrt bis Hamburg ist ohne Vorkommnisse. Von dort sollte es über Osnabrück und Amersford zügig weitergehen. Am Hbg. Hauptbahnhof herrscht großes Durcheinander. Durch plötzlichen Schnee und Blitzeis ist die Region Münster – Bremen usw. total gesperrt. Eine Verbindung über Hannover wird nach einer Stunde gestrichen. Schliesslich steige ich in einen Zug nach München(!!!) und soll in Dortmund nach Duisburg umsteigen. Von dort nach Utrecht und da hätte ich 5 Stunden Aufenthalt, weil in Holland zu Silvester die Züge Pause machen.... traumhaft.

Der Zug nach Utrecht ist rappelvoll – ich stehe im Bistro. Ein unglaublich hilfsbereiter holländischer Schaffner hat Erbarmenund telefoniert wie wild. Ergebnis: In Utrecht wird ein Bummelzug extra auf uns warten. Man muss dann zwar noch in Gouda umsteigen, aber immerhin komme ich, nach 6 maligem Umsteigen, so noch im alten Jahr in Rotterdam an.

Etwas aufgelöst lande ich im Maritime Hotel Rotterdam und freue mich auf ein behagliches Mahl. Nein, es ist mir nicht vergönnt – die

Küche hat bereits geschlossen. In der Altstadt hätten die Kneipen geöffnet und da bekäme ich sicher etwas zu essen, heißt es an der Rezeption. Ich bin durch das Schleppen meiner zwei schweren Koffer, das Warten und die Kälte derartig gefrustet, dass ich nur noch ins Bett falle.

Frühstück ab 8.30 Uhr. Vorher erkundige ich mich telefonisch beim Agenten, wo die Homere liegt. Sie ist noch nicht eingelaufen, soll aber gegen 12 h festmachen. Jesus,was mache ich bis dahin ? Die Stadt liegt im tiefsten Neujahrsschlaf und es ist bitterkalt. Nach dem mässigen Frühstück beschließe ich, zumindest schon einmal zum Hafenterminal zu fahren. Da bin ich sozusagen zur Stelle, kann ein Käffchen trinken, lesen und gemütlich abwarten.

Mich erwartet ein mässig beheizter Bürocontainer. Terminal oder Cafeteria war Wunschvorstellung. All diese Unwegsamkeiten werte ich nach dem Prinzip der Wahrscheinlichkeit so, dass am Ende alles gut werden muss. Gedanken an die Rückfahrt im Februar schiebe ich ganz weit weg und „wenn ich geahnt hätte..." usw. hilft mir jetzt auch nicht.

So, nun habe ich mein erses Frühstück an Bord genossen und bin rundum zufrieden. Diese Zufriedenheit hat sich gestern schlagartig eingestellt, als ich gegen 13 h an Bord kam. Ein Auto der Hafenpolizei hat mich netterweise den weiten Weg vom Bürocontainer zum Schiff gefahren. An der Gangway kümmert sich der wachhabende Filippino um die Koffer und mich umfängt im Treppenhaus eine wohlige Wärme, das Vibrieren des Generators und der vertraute leichte Geruch nach Diesel – die Homere wird gerade von einem längsseits liegenden Versorgungsschiff betankt.

Außer Puste erreiche ich Deck F. Das sind 6 Stockwerke, insgesamt 91 Stufen. Hier oben wohnen der Kapitän und der Chief. Hier befinden sich auch die drei Passagierkabinen und das Office. Als erstes übergebe ich dem Kapitän im Office meine Papiere. Er scheint ein lustiger Typ zu sein, ca. Mitte 40, eher klein und kompakt. Hinter der randlosen Brille blitzen verschmitze Äuglein. Erster Eindruck: aufgeschlossen, kein Muffelkopp. Meine Kabine mit 1,40 m Bett, Sitzecke, Couchtisch und 2 Sesseln, Schreibtisch,

Kühlschrank und Einbauschränken, Duschbad ist geräumig und durch die zwei Fenster luftig und hell. Nach dem Auspacken mache ich mich auf Entdeckungsrundgang. Über Deck F ist nur noch die Navigationsbrücke mit Top-Ausstattung. Im Kartenraum hängt eine Mannschaftsliste: Vom Bootsmann abwärts sind alle Filippinos, die Offiziere kommen aus Rumänien und der Ukraine, wobei das Schiff unter britischer Flagge fährt und „CMA CGM" eine französische Reederei ist.

Danach entdecke ich in einer kleinen Kammer die Bibliothek – sogar einige deutschsprachige Bücher sind vorhanden -, den halbüberdeckten Pool, einen Aufenthaltsraum für Passagiere mit TV und CD Player sowie Kartenspieltisch, einen Waschsalon und ganz unten – uff, uff – die geräumige Kombüse mit links und rechts angeschlossenen Messen für Crew und Offiziere. Passagiere essen in der Offiziersmesse.

So gegen 17 h trudeln die restlichen Passagiere ein. Eine Dame meines Alters aus Nordvijk und ein Ehepaar aus Arnheim. Schnell stellt sich heraus – wir sind allesamt erfahrene Seefahrer. Die Dame aus Nordvijk ist genauso echauffiert wie ich. Sie hat ihren Dackel für die Dauer der Reise zur Tochter nach Paris gebracht. Normalerweise dauert die Bahnfahrt 3 Stunden. Durch besagtes Unwetter kamen sie und ihr Hund erst nach 10 Stunden mit prallvoller Blase in Paris an.

Nach dem Dinner um 18 h sitzen wir Vier bei einem Weinchen im Aufenthaltsraum gemütlich beisammen. Bis zum Passieren der 12 Meilen Zone können wir zwar noch keine Alkoholika kaufen, aber die Kinder des Ehepaars haben sie mit einem Karton Chardonnay verabschiedet. Wir sind ein ziemlich kosmopolitisches Gemisch. Die einzelne Holländerin hat deutsche Wurzeln und Kinder, die in Paris, Dallas und Bern leben. Beim Ehepaar handelt es sich um Weltbürger. Als Arzt hat er seine Assistenzjahre in den Staaten verbracht und später lebten sie in Indonesien und anderen ehemaligen Kolonialgebieten. Sie sind beide über 70, ehemals motivierte Segler und haben sogar ihre Klappräder mit, um die oft weiten Distanzen in den Häfen zu bewältigen.

Um 22 h plumpse ich ins Bett und werde um 5 h früh wach – der Ladebetrieb im Hafen beginnt. Zwischen 7 und 8 h gibt's Frühstück. Später stehe ich mit der holländische Dame – sie ist Witwe – im wohligen Warm der Brücke; wir beobachten das Treiben im wuseligen Hafen. In heftigem Schneetreiben sind Räum- und Streufahrzeuge unterwegs. Riesige fahrbare Kräne befördern Container auf's Schiff und setzen andere an Land von hier nach dort. Da erscheint ein Matrose „are you Miss Hillmann, your cigarettes were delivered". Na, das ist ja toll. Der Karton steht vor meiner Kabinentür, ich quittiere und bezahle und bin happy. Wenn wir nämlich – wie eigentlich vorgesehen – noch Neujahr ausgelaufen wären, hätte ich die Lieferung verpasst.

Wie es momentan aussieht, werden wir um 13 h ablegen. Das ist sehr schön, da kann man die Revierfahrt bei Tageslicht bewundern und beobachten, wie der Lotse von Bord geht. Das riesige Industriehafen-Gebiet mit seinen Abzweigen und Kanälen ist vergleichbar mit einem mehrspurigen Autobahnnetz. Wir passieren die Chemie- und Ölhäfen, wo die Millionen von Shell, Esso und Co. lagern: Tanks und Raffinerien, soweit das Auge reicht.

Abends sitze ich mit Helen in meiner Kabine zum Frauentratsch. „Natürlich sieht man, dass du älter bist als ich, aber ich sage trotzdem als erste „DU". Sie hat herausgefunden, dass ich ganze 4 Wochen älter bin als sie.

Obwohl die Fahrt im Ärmelkanal ungewöhnlich ruhig verlief, war die Nacht unbequem. Um 2 h machen wir in Tilbury fest und um 6 h beginnt der Hafenbetrieb. Es ist Sonntag und bedeutet: tote Hose in diesem Nest. Ausserdem legen wir um 15 h schon wieder ab und bleiben daher an Bord. Die Ausfahrt verfolgen wir von der Brücke aus und haben Gelegenheit, die Kommandos des Lotsen zu hinterfragen. Als wir die Themse abwärts fahren, geraten wir urplötzlich mitten in einen Schneesturm. Der Lotse meldet per Funk „zero view" und alle paar Minuten tutet unser Nebelhorn. Wie durch Watte hört man andere Schiffe antworten, deren Umrisse nur auf dem Radarschirm erkennbar sind. Genauso plötzlich wie der Spuk kam, ist er wieder vorbei.

Am nächsten Morgen liegen wir zusammen mit 18 anderen Schiffen auf Reede vor Le Havre. Wie lange, ist unklar. Beim Frühstück frage ich den Kapitän nach Neuigkeiten. Er hat keine meint aber „no news are good news" und ist sich sicher, dass wir im Laufe des Tages noch an Land können. Ich will unbedingt versuchen, Schwarzbrot zu kaufen. Es ist erstaunlich, wie schnell sich die menschlichen Bedürfnisse reduzieren.

Bis man uns endlich erlöst, vergehen sage und schreibe 32 Stunden, das ist schon eine harte Geduldsprobe für den Kapitän. Nachdem wir um 13 h am Quai d'Europe festgenmacht haben kommt der Agent und verspricht, uns ein autorisiertes Taxi zu bestellen.

Autorisiert bedeutet, dass wir nicht kilometerweit bis zum Gate laufen müssen sondern vom Taxi direkt an der Gangway abgeholt werden.

Paul fühlt sich nicht ganz wohl, so machen wir drei Grazien uns allein auf den Weg ins antike Honfleur. Dort befand sich im Altertum der Hafen, direkt an der Mündung der Seine, bevor später Le Havre – heutige Hauptstadt der Normandie – gegründet wurde.

Im Sommer ist der kleine Stadthafen von Seglern und Touristen überlaufen. Jetzt im Winter streifen wir ungestört durch die engen Gassen mit den malerischen, alten Fachwerkhäusern, vielen Galerien, Cafés und Patisserien. Am Ende kehren wir schwer beladen in einem Bistro im Hafen ein und wärmen uns bei ausgezeichnetem Kaffee auf. Und da wir in der Normandie sind, darf ein Gläschen Calvados nicht fehlen.

Ich habe frisches Schwarzbrot und drei Sorten Käse gekauft. Ausserdem 6 Wassergläser – die sind an Bord Mangelware – und für uns vier Passagiere Becher, da mich die Tassen auf dem Schiff an eine Bahnhofskneipe dritter Klasse erinnern. Für den Koch und unseren Steward haben wir Eclairs ausgesucht. Die Ärmsten kommen ja kaum von Bord und arbeiten während ihres 9 monatigen Vertrags 7 Tage die Woche.

Es schneit, so dass die Arbeiten schleppend vorangehen und wir wohl erst abends auslaufen. Theoretisch könnte man den Tag in Le

Havre verbringen. Es ist aber bitterkalt – da ist es „zu Hause" mit Büchern und Musik - gemütlicher. Wir haben inzwischen einen Kadetten (Offiziersanwärten) an Bord, einen jungen Franzosen. Die internationale Familie ist nun um eine weitere Nation gewachsen. Die Crew stammt von den Philippine, die Offizieren kommen aus Rumänien und der Ukraine, drei Passagiere sind Holländer; ich bin die einzige Deutsche. Vom Sprachengewirr schwirrt mir manchmal der Kopf - tut meinen kleinen grauen Zellen aber gut !

Während des Mittagessen erhält der Käptn einen Anruf der Gewerkschaft. Er soll alle Decks abstreuen, sonst gehen die französischen Schauerleute nach Hause. Er ist stinkesauer. Ich biete ihm meinen französischen Käse als Trost zum Nachtisch an. „No, I refuse anything French". Erst lassen sie uns 32 Stunden auf Reede schmoren, in der Schleuse liegen wir 2 Stunden fest und der Agent ist unerreichbar . Wo soll man jetzt Sand herkriegen und das Head Office in   Marseille macht Termindruck. Die Auflage, Sand zu streuen ist sowieso Schikane, da niemand an Deck rumturnt; natürlich werden Container per Krananlage bewegt und befestigt.

Eine Verzögerung ist mir persönlich wurscht, wenn es auch nett wäre, allmählich mal in wärmere Gefilde zu kommen. Heute vor einer Woche bin ich in den Zug gestiegen und bisher eigentlich noch nicht weit gekommen. Paul krebst noch immer rum mit seinem grippalen Infekt, er erscheint nur zu den Mahlzeiten. Obwohl er Arzt ist weigert er sich, Pillen zu schlucken. Auf der Brücke habe ich einen Plausch mit dem Käpitän, der die erzwungene Liegezeit für Papierkram nutzt.

Wir kommen sozusagen von Hölzchen auf Klötzchen über die Sintis in Rumänien, die dortige korrupte Regierung, allgemeines Auseinanderfallen der Familien, Wirtschaftskrise und so fort.

Es ist unglaublich, wir sitzen jetzt den 4. Tag in Le Havre fest. Teilweise liegt das am Wetter, hauptsächlich aber daran, dass immer wieder gestreikt wird. In einem Bananenstaat würde ich das ja halbwegs verstehen, aber in einem EU-Land

So peu à peu erfahre ich eine Menge über das Leben meiner Mitpassagiere. Ich hatte in Romanen über die Praktiken im japanischen Internierungslager auf Java gelesen. Durch Paul und Marye erfahre ich jetzt aus erster Hand, wie schikanös es dort zuging. Sie waren damals 10 bzw. 12 Jahre alt.

Für Helen als geborene Viehoff (Deutsche Bank) bedeutet das Leben auf einem Frachter eine Umstellung. Sie hat mehrere Kreuzfahrten gemacht, dies ist ihre erste Frachterreise. „Der Kapitän hat noch gar nicht mit mich gesprochen oder zu einem Drink eingeladet". Möglichst schonend erkläre ich, dass sie mit Sicherheit nicht mit seinem Besuch zum Small Talk in der Kabine rechnen kann und er sie auch nicht mit „gnädige Frau" anreden wird.

Kaum zu glauben: wir können Le Havre tatsächlich verlassen. Sternklarer Himmel, es friert Stein und Bein; dick vermummelte Gestalten auf der Brücke. Die Türen müssen bei An- und Ablegemanövern geöffnet bleiben, damit Lotse oder Kapitän notfalls die Aussensteuerung in den Nocks bedienen können. Später im Treppenhaus (seemännisch heisst das Niedergang) huscht der Bootsmann verschämt in weissen langen Feinripp-Unterhosen (mit Eingriff) an mir vorbei, seinen Thermo-Anzug über'm Arm. Ich glaube, nur die Tatsache, das es so kalt ist, lässt die franz. Hafenbehörde auf Schikanen verzichten. Jedenfalls passieren wir schon nach 2 Stunden Hafengebiet und Schleuse.

Komme gerade von der Brücke. Im Kartenraum gab's eine Lektion in Nautik. Wir haben die Koordinaten eingetippt und erfahren, dass wir am 12. 01. um 2.20 h die Azoren erreichen. Zum Lernen muss der Kadett das auch noch auf konventionelle Weise ausrechnen. Das Wetter hat sich beruhigt, das Barometer zeigt schon 2 Grad plus.

Der Chief weiht mich ein, wie das mit Bestellungen für Wein, Wasser usw. zu handhaben ist. Im Aufenthaltsraum gibt's eine Warenliste und Zettel für Bestellungen. Diese Zettel legt man die „magic box" in der Mannschaftsmesse und irgendwann stehen die Sachen vor der Kabinentür.

Beim Kaffee läd uns ein Filippino zur Party heute Abend in die Mannschaftsmesse ein. Das finde ich aber nett. Helen sagt sofort

„ohne mich". Also, das empfinde ich als etwas hochnäsig. Sie kann mir nicht erklären, warum sie sich nicht unters Fussvolk mischen will. Sicherheitshalber halte ich Rücksprache mit dem Kapitän ob es ihm recht ist, dass ich hingehe und ob es üblich ist, etwas Hochprozentiges mitzunehmen. „No problem, aber nur eine Flasche bitte". Auf „CMA CGM" - Schiffen herrscht eigentlich für die Mannschaft absolutes Alkoholverbot. Er ist allerdings der Meinung, strikte Verbote reizen zum Ungehorsam und gestattet eben eine Pulle dann und wann.

Nun dackele ich durchs Schiff auf der Suche nach einer Schleife oder irgend etwas, womit ich mein Geschenk – eine Flasche Jonny Walker – dekorieren könnte. Nach einem fast schon routinemässigen Plausch mit Helen steht mir um 20.30 h gar nicht mehr der Sinne nach Party. Ich greife aber die mit Plastik-Weihnachtssternen dekoriert Pulle und gehe nach unten in die Mannschaftsmesse.

Es ist ein sehr grosser Raum. Ein Drittel davon ist mit hellem Linoleum ausgelegt – hier stehen vier Esstische. Der Rest des Raumes ist mit dunkelblauer Auslegware bedeckt. Davor stehen in Reih und Glied Sandalen und Arbeitsschuhe und die bunten Besitzer dieser Schuhe sitzen auf einer riesigen Rundcouch. Bunt deshalb, weil sie psycadellic-farbene Shorts oder Jogginghosen und grelle T-Shirts anhaben. Mit ihren blau-schwarzen Haaren und den jettfarbigen Mandelaugen in elfenbeinfarbigen Gesichtern sehen sie wirklich so aus, als hätte eine Zeitmaschien sie aus dem heimischen Kampong direkt auf's Schiff katapultiert. Der Couchtisch ist beladen mit Platten voller Muscheln, Shrimps und exotischen Dingen, die ich nicht kenne. Alle strahlen um die Wette, als würden sie dafür bezahlt. Ich werde herzlich eingeladen, mich zu setzen. Plötzlich fühle ich mich völlig fehl am Platz, wie ein Fremdkörper in dieser Runde – vielleicht wenn ich ein Mann wäre... So stelle ich die Flasche auf den Tisch „have a nice evening" und ziehe mich zurück. Noch bis zum 3. Deck höre ich ihr fröhliches „thank you Ma'am".

Zum Umfang meines Frühstücks meint Paul süffisant: „Ich mache mich Sorgen mit Barbara's Gesundheit". Ich sage ihm, er solle sich mal lieber um Helen sorgen. Sie kommt nie zum Frühstück, selten zum Mittagessen und isst abends nur etwas Suppe und Salat. Als Ausgleich futtert sie Kekse in der Kabine und trinkt Gesundheitstee und Rotwein. Auf einer vorigen Reise ist es ihr gelungen, 4 kg abzunehmen und das will sie jetzt auch erreichen – völlig absurd.

Wir haben zwar nur 5 Windstärken aber einen ordentlichen Seegang. Die Gardinen stehen immer wieder mal waagerecht im Raum. Eben renne ich einer Apfelsine hinterher, die quer durch die Kabine kullert.

Meine wenig ausgeprägte Geduld wird zeitweise bei Familiengesprächen stark strapaziert. Helen hat drei Kinder; Paul und Marye vier „Buben" mit den jeweiligen Kindeskindern, die natürlich allesamt „sehr speziell" sind – holländischer Ausdruck für außergewöhnlich begabt.

Ausserdem fühlt Helen sich persönlich beleidigt, dass die holländische Industrie und der Geldadel, also die die High Society, so wenig zu sagen hat. „Ja", sage ich, „modern nennt man das Globalismus". Herr van Dornen (DAF) hat den Pkw-Bereich an Volvo verkauft, Unilever, Royal Dutch Shell, Philips und Heinicken sind auch nicht mehr komplett national. „Ich staune mich, dass dich als Deutsche das bekannt ist", erwidert sie. Und das ist genau der Moment, wenn ich lieber die Segel streiche. Was mich bei derartigen Diskussionen so kribbelig macht ist die Ignoranz. Man gibt vor, eine Tageszeitung zu lesen und politisch informiert zu sein. Im vorliegenden Fall begrenzt sich dieses Informiertsein darauf, wie oft André Rieu voriges Jahr auf Tournee war. Die Nacht war stürmisch und bis morgen früh wird es so bleiben. Wir haben uns die Wetterkarte auf dem Monitor angesehen. Danach befinden wir uns zwar nicht im Zentrum, aber Regen, mässige Sicht und 8 m hohe Wellen sind auch nicht von schlechten Eltern. Es ist faszinieren zu beobachten, wie der Bug eintaucht und sich langsam wieder hochkämpft. Beim Aufrichten des Schiffs weht die Gischt bis an die Panoramafenster der Brücke. Der ukrainische 2. Ingenieur sieht etwas grünlich aus. Tapfer arbeitet er an einem Einsatzplan für eine Feueralarm-Übung, die nachmittags stattfinden soll. Um ihn etwas aufzuheitern sage ich, dass zwei seiner Landsleute bei uns in Deutschland sehr populär sind. Er strahlt: „Vladimir und Vitali Klitschko". Na also, man muss versuchen, sich abzulenken.

Trotz der Wetterverhältnisse zaubert der Koch zum Abendessen eine kräftige Rindfleischsuppe und Züricher Geschnetzeltes mit selbstgestampftem Kartoffelpuree. Leider schwappt Helen die Suppe – ihr erstes vernünftiges Essen seit gestern – auf's Chemisett.

Paul quetscht mich aus zum Thema Ossies und Wessies. Diese Begriffe kennt man auch in Holland. Das Thema ist derartig komplex, dass es nicht in drei Sätzen abgehakt werden kann. Nachdem ich merke, dass er echt an den Hintergründen interessiert ist, machen wir aus unseren Gesprächen einen Fortsetzungsroman über mehrere Tage.

Wir haben die Azoren, die als Wettergrenze gelten, in der Nacht passiert und ein wunderschöner Morgen zeigt sich, als ich die Vorhänge aufziehe. Die Sonne zaubert allen ein Lächeln auf's Gesicht. Die Liegestühle sind noch irgendwo verstaut, und Helen und ich organisieren zwei Regiestühle, geniessen die warme Brise und stellen Überlegungen an, was wir in Philipsburg alles einkaufen wollen. Die Niederländischen Antillen sind zollfreies Gebiet. Während wir in unseren Plänen vertieft sind taucht Marye triefend nass auf. Bei einem Spaziergang auf dem untersten Deck hat eine unverhoffte Welle sie erwischt. Später entdecke ich, dass sie mitten durch ihre Suite (Eignerkabine) zwei Leinen gezogen und ihre Klamotten aufgebaumelt hat. Sieht aus wie bei den Zigeunern und ist mir unbegreiflich, da sich zwei komplett ausgerüstete Waschsalons zur kostenlosen Nutzung an Bord befinden.

Leider sind wir wieder mitten in einer Schlechtwetterzone. Ich frage den Wachhabenden auf der Brücke, ob wir nicht versehentlich in die falsche Richtung fahren. See und Himmel sind bleigrau. Weit und breit kein Schiff in Sicht. Delphine und fliegende Fische tummeln sich offensichtlich woanders. Die Atlantiküberquerung dauert nunmal 10 Tage, damit muss man sich abfinden. Ich mache es mir auf der Couch mit einem Stapel Bücher, einem Pott Kaffee und Toblerone bequem.

Die Gespräche mit Paul sind ein Labsal. Er kriegt mich mit provokanten Äusserungen immer auf 180 und freut sich wie ein Kind, wenn ich mich echauffiere. Im Grunde haben wir aber ähnliche Ansichten. Abends macht Marye die Runde. Morgen früh will sie Jeans waschen und sammelt bei Helen und mir Hosen ein, damit es sich lohnt und die Maschine voll wird.

Das Barometer zeigt 20° an, die Sonne kämpft sich langsam durch. Bewaffnet mit einem Regiestuhl suche ich mir an Lee ein Plätzchen zum Dösen. Schnell wird es warm, die Hüllen fallen. Ich frage auf der Brücke nach der Wassertemperatur – unglaubliche 24° und nun wird der Pool gefüllt. Vor dem Essen springe ich zwei Mal in die Fluten.

Um 14 Uhr werde ich per Telefon aus süssen Siesta Träumen geweckt. „You are invited to come to the pool, Ma'am". Da ist der Teufel los; Neptun mit seinem Gefolge ist eingetroffen. Der französische Kadett mit einem Henkerstrick um den Hals, wird nach allen Regeln der Kunst von oben bis unten mit Schlagsahne eingeseift. Als Frisierumhang hat man ihm eine Klobrille um den Hals geklemmt. Dann beschmieren sie ihn mit Honig und bestäuben ihn danach mit Mehl. Ein Arzt mit Stethoskop und Spiegel am Kopf untersucht seine Seetauglichkeit und Aphrodita im roten Bikini-Oberteil soll seine Männlichkeit bestätigen. Die jodelnden Filippinos freuen sich wie Kinder und halten sich die Bäuche. Das ganze Spektakel endet mit Karacho im Pool; einer nach dem anderen springt hinterher in die Brühe. Der Kapitän macht sich dünne als er Gefahr läuft, ebenfalls im Pool zu landen. Vorher lädt er aber zum Barbeque um 18 h ein.

Bis dahin will ich einen kleinen Geldbaum basteln; unser Steward hat Geburtstag. Aus einem Kübel mit Plastikblumen entwende ich ein Zweiglein und befestige daran fünf einzelne Dollarscheine; die Gummibänder dafür habe ich im Magazin für Büromaterial gefunden.

Heute Morgen sitze ich im Halbschatten und lüfte aus. Gestern war es sehr lustig, sehr spät und sehr feucht. Es wurde sogar getanzt. Die Filippinos haben Karaoko gesungen was das Zeug hält, sie haben dazu 1.000 Titel zur Auswahl, alles in Disco-Lautstärke.

Die Diskussionen sind genauso bunt wie die Songs. Ich stelle fest, Rumänen sind mächtig stolze Leute. Als Deutsche gerate ich in Erklärungsnotstand, weil „wir haben für euch im 2. Weltkrieg gekämpft und hinterher habt ihr uns im Stich gelassen". Ich fasele etwas vom Treffen auf Jalta und Viermächteabkommen und dass es ein Deutschland in der Vorkriegsform hinterher nicht mehr gab. Wie hätte der west-deutsche Teil einem zum RGW gehörenden Staat „helfen" können ? Das nächste Thema befasst sich mit den Machenschaften der Zigeuner in Rumänien., von Organhandel ist die Rede, was für mich fast unvorstellbar ist.

Das babylonische Sprachgewirr bringt mich ganz aus dem Konzept. Unsere Exoten sprechen ein sehr holpriges, leises Englisch. Helen könnte genauso gut Holländisch reden; jedenfalls hört sich ihr Englisch so an. Paul und Marye haben ein ausgezeichnetes Englisch drauf, kommen aber kaum zu Wort. Die Offiziere untereinander verständigen sich auf Rumänisch oder Russisch und der Kapitän spricht zwischendurch ein hartes Französisch, damit der Kadett auch etwas mitbekommt.

Als ich vormittags vom Pool komme, treffe ich auf einen malladen Chief und frage, ob er einen Hangover hätte. Ih bewahre, einen Grippeanfall. Meine zwei Aspirins nimmt er gerne an. Von irgendwoher werden Liegen mit dicken Auflagen herbeigezaubert. Das Meer ist tintenblau mit weissen Krönchen, unsere Heckwelle türkis, die Sonne lacht und die Fischlein fliegen – so kann es bleiben.

Nun haben wir in Philipsburg, der Hauptstdt von Sint Maarten/NL Antillen festgemacht. Die Insel ist zweigeteilt. Der Norden ist französisches Gebiet, akzeptiert Euros und besitzt einen pompösen Flughafen. Holland verwaltet den Süden mit dem Seehafen. Man hat eine eigene Währung, den Antillen Gulden, akzeptiert aber Dollars und vereinzelt Euros.

Alle Industriegüter und landwirtschaftlichen Erzeugnisse müssen importiert werden, was sich auf die Preise niederschlägt, die bei Ankunft von Kreuzfahrtschiffen sowieso noch verdoppelt werden.

Helen und ich marschieren zu Fuss los und Paul mit Marye radeln mit ihren Fietzen los.

Neben unserer Homere liegen ein P & O-, ein Costa- und ein amerikansiches „Hochhaus" = Kreuzfahrtschiff. Massen dieser recht gewöhnungsbedürftig gekleideten Touris wälzen sich durch die Duty free- und Juweliershops, die alle identische Waren führen. Häuser und Menschen sehen hübsch und bunt aus.

Von Helen habe ich mich getrennt, da sie von diesen Geschäften nicht genug kriegen kann. Ein Tropenguss hat mich durchweicht und am Fuß habe ich Blasen, daher fahre ich per Taxi zurück zum Schiff. Als wir Paul und Marye überholen habe ich eine Idee und frage den Fahrer, ob er auch Inselrundfahrten macht. „Yes Ma'am, 90 Dollars" und gibt mir seine Visitenkarte. Ich frage Paul und Marye beim Mittagessen, ob wir gemeinsam die Insel erkunden wollen und uns den Preis für's Taxi teilen wollen. Ja, sie wollen. Ein Sheriff der Hafenbehörde ruft „meinen" Taxifahrer an, der uns vier Stunden lang kreuz und quer über die Insel kutschiert. Wir sehen Postkarten-Panoramen und Traumstrände. Nebenbei bin ich immer auf der Suche nach Schwarzbrot. Heute am Sonntag haben Juwelier- und Andenkengeschäfte zwar geöffnet, aber Lebensmittelläden nicht. Natürlich kennen die Inselbewohner sich untereinander. Auf verschlungenen Pfaden bringt uns der Fahrer in ein Bergdorf, wo ich an der Hintertür eines Tante Emma Laden's Brot kaufen kann.

Nach dem Dinner mache ich ausnahmsweise meine Tür zu. Eine geschlossene Kabinentür bedeutet: Ich will in Ruhe gelassen werden. Ich brauche etwas Abstand zu Helen's Society-Getue: „Die Direktör von Philips is Friend gewest of meine Mann". Na und? **Ich** habe mit dem Direktör von Unilever jahrelang während der Messen in Leipzig Charleston getanzt ! Morgen um 5 h soll es weitergehen. Die Fahrt bis Port of Spain auf Trinidad dauert 24 Stunden und so steht uns ein Ruhetag an Bord bevor.

Bei traumhaftem Sonnenaufgang sind wir gegen 6 h in Port of Spain eingelaufen. Da der Hafen nicht unmittelbar am Meer liegt, ist man auf die Gezeiten angewiesen. Käptn ist nicht sonderlich gut auf die Einwohner hier zu sprechen. Der Lotse kam dann auch auf den allerletzten Drücker und meinte „halbe Kraft voraus", obwohl es vom Hafenmeister hiess: „Warten Sie, das Schnellboot nach Tobago hat Vorrang". Später lautet sein Kommando „Stop". Wie sich herausstellt, wollte er sein üppiges englisches Frühstück in Ruhe einnehmen, das Nelson ihm auf die Brücke gebracht hatte.

Nun sind wir am Pier fest und es heisst warten, bis sich die Behörden bequemen, an Bord zu kommen. Bequemen ist treffend, weil sie nur bereit sind, das Cargobüro auf dem untersten Deck aufzusuchen. Die sechs Etagen bis zum Schiffsoffice sind ihnen zu beschwerlich. Wenn der Kapitän sich widersetzt, durchsuchen sie das Schiff von oben bis unten als Schikane sozusagen und das kostet Zeit und - time is money. Die Verdrossenheit des Käptns ist verständlich. Eigentlich müsste er frische Lebensmittel bestellen und Papierkram erledigen, nun sitzt er unten fest, verdammt zu warten.

Bevor der Lotse von Bord geht frage ich ihn, wo das Zentrum liegt und ob man ein Taxi braucht. „Nein, bloss kein Taxi, da werden Sie arm. Einfach zwischen den Containern Richtung Gate laufen; dahinter ist das Zentrum gut zu Fuss zu erreichen". Ich glaube ihm einfach, da er ein wohlbeleibter Mann ist und nicht so aussieht, als würde er gerne zu Fuss unterwegs sein.

Paul und Marye radeln los , während Helen und ich uns zu Fuss aufmachen. Am Gate hinterlege ich eine hochoffiziell aussehende Liste der Mannschaft und der Passagiere, die der Kapitän mir in die Hand drückte, so gelangen wir später alle wieder hinein. Unverständlich für mich, aber Helen hat sich vorher zu Hause nicht mit US-Dollar eingedeckt. Wir versuchen es in mehreren klimatisierten Bankpalästen. Trinidad-Tobago-Dollar sind natürlich erhältlich. Als sie die hat, müssen die mittels mehrerer Formulare in US $ gewechselt werden, weil sie in den kommen den Häfen mit TT-$ nichts anfangen kann.

Danach könnte ich gut einen Kaffee vertragen. Es gibt unendlich viele Shopping Malls, Passagen, Giftshops, Parfümerien – aber kein Café oder Bistro. Das findet man an den Palmenstränden, wo ich auch unbedingt hin will. Helen möchte Souvenirs kaufen und Gesichtscreme, also trennen sich unsere Wege. Schließlich bin ich in der Heimat des Calypso und möchte mal diese Musik von Steel Pans im Original hören. Im Tourismusbüro erkundige ich mich und sitze blad in einem Bus zum Strand. Gaaanz toll !!! Weisser breiter Sandstrand, sanfte Dünung, Palmen, darunter vereinzelt palmenwedel-gedeckte Pinten. Es ist zwar nicht Saison aber ich habe Glück. Im Schatten einer dieser Strandbars probt eine Band wild aussehender Musiker, könnten alle Bob Marley-Verwandte sein. Ich gönne mir einen bunten caribischen Cocktail und setze mich zu den Freunden der Band. Zurückzu hält der Bus vor dem Hyatt Regent Interntional Hotel. Kurz entschlossen steige ich aus, marschiere zur Rezeption und frage nach einer Tageszeitung. „Sorry Madam, no papers available". Man könne für mich eine Zeitung am Flughafen bestellen – Lieferung am nächsten Tag; na, da schippern wir schon in Richtung Süd-Amerika. Auf dem Weg zum Hafen komme ich an einer Grünanlage vorbei. Eine Frau schwingt, wild gestikulierend, Reden. Ich denke, die ist high. Nein, ich befinde mich am Speakers Corner im Hyde Park. TT ist 1962 von England unabhängig geworden.

Helen ist schon an Bord. „Ick hep im Hyat Hotel gelönscht und ein reiches schweizer Ehepaar getroffen. Jeder setzt seine Prioritäten.

Jedenfalls sitze ich jetzt an Deck im Schatten und beobachte das Gewusel. Auf Sint Maarten stammen die Krananlagen von Gottwald und hier von Liebherr, also aus Deutschland.

Zwischendurch halte ich ein Schwätzchen mit dem Chief. Ihm geht's wieder gut, er angelt Welse. Dann sehe ich, wie unser Kadett aus einem Shuttlebus aussteigt, er hat mehrere Stunden im Krankenhaus verbracht - so hatte er sich seinen Landgang auch nicht vorgestellt. Die Schulter ist nicht gebrochen, aber er darf zwei Tage im Liegestuhl verbringen und wird von den anderen heftig beneidet.

Wir sind auf dem Weg nach Dechard des Cannes/Franz. Guyana. Land ist zwar nicht in Sicht, aber doch nah, was man an Vögeln, die uns begleiten, merkt. Im Pool haben wir uns erfrischt und liegen jetzt im Schatten und beobachten eine Delphin-Schule. Ich löchere die Jungs auf der Brücke mit Fragen, zu wem die steuerbords zu sehende off-shore Ölplattform gehört und woher die Schiffe stammen, denen wir begegnen. Man kann nämlich in einen PC die Koordinaten eingeben und den Namen des Schiffs. Dann erfährt man etwas über die Ladung, wie der Kapitän heisst, den Heimat- und den Zielhafen des Schiffs.

Um nach Dechard des Cannes, dem Hafen von Cayenne, zu gelangen, müssen wir den Höchststand der Flut abpassen. Die Tiefe dort liegt bei 6 m und unser Tiefgang beträgt 5,85 m. Das Wasser aus den Ballasttanks ist abgelassen und das vom Pool auch. Wir haben sogar einige Container in Trinidad zurückgelassen, um Grundberührung zu vermeiden.

In fantastischer Tropennacht fahren wir die 25 Meilen flussaufwärts. Für europäische Verhältnisse steht in dieser Hemisphäre der Mond auf dem Kopf; das Kreuz des Südens ist am Firmament leicht zu finden. Die Brücke ist vollkommen abgedunkelt, nur die Monitore leuchten gespenstisch grün.

Da man von oben auf der Brücke eine bessere Übersicht hat, zeigt uns der Kapitän den Weg durch den Containerdschungel zum Gate. Wir haben uns aufgemacht, um den „CMA-CGM" Agenten in seinem Büro aufzusuchen. Er kommt aus Le Havre und ist äusserst zuvorkommend, gesprächig und hilfsbereit und bringt uns in seinem Privatwagen ins 18 km entfernte Cayenne.

Franz. Guyana ist von einem bunten Völkergemisch bewohnt. Textilgeschäfte werden von Libanesen geführt, Lebensmittelläden von Chinesen. Natürlich gibt es Franzosen und auch Kreolen und viele Asiaten aus der frühern französischen Indochina Ära.

Heute ist Markttag. In den Straßen rund um die Halle werden Obst und Gemüse von dicken schwarzen Mamis angeboten. In der Markthalle selbst gibt's viele vietnamesische Garküchen. Mir ist vor Hitze – schliesslich sind wir direkt am Äquator – den Gerüchen und dem fehlenden Schaukeln ganz schwindelig. Ich widerstehe der Versuchung, Papayas, Ingwer, Kaktusfrüchte usw. zu kaufen und begnüge mich mit 2 duftenden Baguettes, nach denen ich brav in einer Schlange angestanden habe. Auch vor der Post wartet eine geduldige Schlange auf Einlass. Ein schwarzer Zerberus lässt immer nur zwei Personen gleichzeitig hinein: alle halten irgendwelche Formulare in der Hand – vielleicht ist Rententag ? Innen habe ich das Problem, dass man natürlich mit Euros zahlt, Briefmarken aber nur an sehr komplizierten Automaten zu kriegen sind. Man muss die Zielregion eingeben, das Gewicht und ob es ein Prioritaire-Brief ist. Ich bitte einen europäisch aussehenden Herrn um Hilfe. Bevor wir uns verabschieden, führt er mich noch durch den Hintereingang zum richtigen Briefkasten.

Dann schlendere ich durch die hübsche Stadt mit den weißen Bauten im Kolonialstil und kleinen Parks mit Musikpavillons unter Palmen. Paul und Marye treffe ich später auf der Terrasse eines Cafés und wir fahren per Taxi zurück zum Schiff.

Der Agent hatte uns erzählt, dass Sonntag Karnevalsumzüge durch Cayenne stattfinden, da wollen wir natürlich dabei sein. Er hat auch angeboten zu versuchen, für uns einen Termin im Raketenzentrum Kourou zu organisieren. Ich muss ehrlich gestehen keine Ahnung gehabt zu haben, dass sich die europäische Raketenbasis der ESA h i e r befindet. Nach Paramaribo, der Hauptstadt von Suriname, würden wir auch gerne fahren, was aber unmöglich ist. In Suriname beseht Visumpflicht, sogar für Holländer – oder gerade für Holländer ? Ausserdem sind bis zum Grenzfluss 250 km Bergland zu bewältigen, das angeblich von Banditen kontrolliert wird und die Fähre über den Maroni verkehrt unregelmässig. Man kann also nur per Flugzeug oder auf dem Seeweg dorthin gelangen. Schade, ich hätte gerne mal die Leute kennengelernt, mit denen wir seit ein paar Jahren in Geschäftsbeziehungen stehen.

Am nächsten Morgen begrüsst mich ein wunderschöner Tropenhimmel. Ich habe mir die Karte angesehen und einen Ort namens Montjoly gefunden mit kilometerlangem Strand. Gleich um 8 h marschiere ich in Richtung Gate in der Hoffnung, dass der

Agent mir ein Taxi bestellt. Monsieur Daniel hat aber noch nicht geöffnet. Optimistisch mache ich mich also auf den Weg nach Montjoly. Fußgänger, zumal Damen meines Alters, sind hier selten. Ein Auto hält an und ein netter Franzose meint, er könne mich bis Remire mitnehmen. Er ist Finanzchef von Chevron/Texaco, zuständig für Guyana, Martinique und Guadeloupe und hat Ökonomie in Paris studiert, seine Frau stammt aus Texas. Während er mir das alles erzählt, fahren und fahren wir, immer längsseits der Küste und kommen zu einem Camp brasilianischer Kiter. Er muss hier abbiegen und meint, ein Stückchen weiter käme ich zu einem Restaurant und dort würde man mir ein Taxie bestellen können, bien sur! Ich laufe also los – inzwischen ist es schon merklich heisser. Nach einiger Zeit komme ich tatsächlich zu einer Kneipe, die aber total verrammelt ist. Zurück wäre viel zu weit, also laufe ich weiter. Meine Füsse sind betimmt schon 2 Schuhgrössen gewachsen. Da sehe ich einen chinesischen Tante Emma Laden mitten im Nirgendwo und bitte, mir ein Taxi zu rufen. Dafür benötigt man aber eine Nummer, die weder ich noch der Inhaber kennen. Er beschreibt mir den Weg zur Hauptstrasse, wo man Sammeltaxis anhalten kann.

Lange Rede kurzer Sinn, nach geraumer Zeit sitze ich tatsächlich inmitten ausschliesslich farbiger Fahrgäste in einem Sammeltaxi nach Cayenne. Da wollte ich nun eigentlich nicht hin, aber inzwischen ist mir alles egal und ich sehe eine Menge. Irgendwo in Cayene ist Endstation. Gottseidank habe ich einen Strassenplan, labe mich an einem doppelten Cappucino und finde danach den einzigen Taxistand Cayenne's.

Da wir wegen geringer Ladung keinen Tiefgang haben, ragt die Gangway sehr steil nach oben. Als ich mich nach oben gezogen habe meint der wachhabene Filippio sinngemäss: „Nur Bergsteigen ist schöner". Ich hole mir eine grosse Flasche Wasser aus der Pantry und plumpse auf's Sofa.

Heute morgen schüttet es wie aus Eimern. Die Erde dampft, tiefe Wolkenfetzen hängen in den nahen Bergen. Dadurch fällt der Karnevalsumzug buchstäblich ins Wasser. Der Hafenbetrieb ruht in sonntäglichem Dornröschenschlaf. Wir holen uns das O.K. vom

Käptn und organisieren spontan einen Sonntagsfrühschoppen am überdachten Pool. Auch für die Mannschaft ist das eine willkommene Abwechslung. Jeder, der gerade Zeit und Lust hat, schaut auf ein Bier vorbei. Helen, Paul und ich teilen uns die Kosten für die zwei Kästen Bier, ein paar Flaschen Wasser und cookie, der Koch, spendiert Erdnüsse und Oliven. Später läuft der Kapitän in Begleitung von zwei Matrosen und bewaffnet mit einem Spaten und einigen leeren Kanistern, Richtung Regenwald. Er liebt Grünpflanzen; seine Kabine ist voll mit Exoten, die er im Urwald ausgebuddelt hat.

Die Vermittlung des Agenten hatte Erfolg, so dass wir am nächsten Tag zur Besichtigung des europ. Raumfahrtzentrums aufbrechen. Das Taxi erwartet uns schon um 6.30 h am Gate.

Ein riesiges Areal von einigen Quadratkilometern Ausmaß ist in der Savanne errichtet worden. Am Meeting-Point treffen wir auf einige hochdekorierte Herren der Amerikanischen Army und auf eine handvoll französischer Touristen. Wegen der weitläufigen Anlage ist an Laufen garnicht zu denken. Mit einem Kleinbus bringt man uns zunächst ins Pressezentrum im Jupiter Gebäude. Es folgt eine einstündige Einführung mit Filmen und Erläuterungen. Was mich dabei irritiert ist, dass der Eindruck erweckt wird, die ESA sei ein rein französisches Unternehmen. Schliesslich sind Länder wie Deutschland beteiligt – auch finanziell.

Dann werden unsere Pässe eingesammelt und nach Taschen- und Bodychecks bringt uns der Bus zu den einzelnen Stationen. Nach jedem Schlagbaum wiederholen sich die Sicherheitskontrollen. In Kourou werden Satelliten mit „unserer" Ariane-Rakete ins All geschossen. Wir erfahren, dass selbst die Russen den Bahnhof für ihre Sojous-Raketen mieten und dann aus Sicherheitsgründen sogar eigene Köche mitbringen.

Dank der im All schwirrenden Satelliten funktionieren weltweit Handys, TV-Schüsseln, Navigationsgeräte, Google Earth, Telefonkonferenzen usw. Wir sehen den „Bahnhof'", an dem die zerlegten Raketen angeliefert und auf dem Schienenweg zu den Montagestationen transportiert werden. Für Ariane-, Vega- und Sojus-Raketen gibt es eigene Abschussstationen.

Wegen der unterirdischen Treibstoff- und Chemikalientanks herrscht überall, auch in Gebäuden, Rauchverbot. Mehrere rote Feuerwehrstützpunkte verteilen sich auf dem Gelände. An den Fahrzeugen entdecke in Pariser Kennzeichen. Fuhrpark und Mannschaften kommen tatsächlich aus Paris.

Wir dürfen auch ins Herzstück der ESA Zentrale. Von einer Empore hinter Panzerglas beobachten wir Physiker und Ingenieure bei der Arbeit. Sie sitzen an langen Reihen von Bildschirmen und Schalttafeln. Man ist hier verbunden mit der Station auf dem Muruaroa Atoll, dem Bahnhof in Baikonur und auch mit der NASA. Mir kommt das alles unwirklich vor, wie in einem Film Raumschiff Enterprise.

Kourou wurde als Standort ausgewählt wegen der unmittelbaren Nähe zum Äquator, den riesigen Wassermassen links und rechts des Areal und nicht zuletzt deshalb, weil franz. Guyana als franz. Department zu Eropa gehört.

Die Führung dauert mehrere Stunden. Man ist mit Wissen so vollgestopft, dass einem der Kopf schwirrt. Zurückzu fährt unser Taxi am Fähranlager zur Teufelsinsel vorbei (Stichwort: der Roman „Papillon" über die Dreyfus Affaire). Man könnte das Gefangenenlager besichtigen. Einstimmig verzichten wir darauf, auch wenn man hier wohl nie wieder herkommt.

Bei trüben, schwülem Wetter stampfen wir am nächsten Tag Richtung Belém. Im Laufe des Nachmittags passieren wir backbords das Amazonas Delta, was man auch am schwammigen, gelben Wasser bemerkt. Das Schiff wird nach vier Tagen Liegezeit geschrubbt und seit dem frühen Morgen schwabbt frisches Wasser im Pool. Von meinem Posten aus beobachte ich drei Delphine und habe das Gefühl, sie geben ihre Vorstellung nur für mich.

Nun liegen wir im Flussdelta des Pará vor Belém. Getreu dem brasilianischen Wort „patientia" (Geduld) kommt der Lotse erst am Abend, so dass wir heute nicht mehr an Land können, um so mehr, als es in brasil. Häfen sehr gefährlich sein soll, besonders bei Nacht.

Es ist einige Jahrzehnte her, dass ich in Brasilien zur Schule geganen bin. Nun bin ich sehr gespannt, welche Sprachkenntnisse im Gehirn noch aktiviert werden können.

Ich bin total begeistert, hin und weg! Eigentlich geht grundsätzlich gar nichts, aber gemäss dem berühmten brasil. „jeitinho" (Dreh) funktioniert alles.

Um 19.30 kommen gleich zwei Lotsen an Bord. Ich frage, ob die Reederei nun auch doppelt bezahlen muss. Nein; einer der beiden ist Lehrling, obwohl beide offensichtlich über 50 sind.

Belém mit einer beachtlichen Skylinie ist viel grösser, als ich erwartet habe. Entlang der Flusseinfahrt befinden sich beleuchtete Retaurants, deren dezente Pianomusik zu uns herüberweht.

Am Morgen dann die übliche Hektik vorm Landgang – mal hüh mal hott. Ich setze mich seelenruhig unten ins Cargooffice, denn hier muss der Agent vorbeikommen und vor 9 h passiert erfahrungsgemäss sowieso nichts. Im Office treffe ich auf einen Herrn, der selbst mir nur bis zum Kinn reicht. Es ist der Verbindugsmann für alles. Der Kapitän hatte mir gesagt, dass Banken weder Dollars noch Euros eintauschen. Es gäbe nur j.w.d. eine Wechselstube. Nun, der Zwerg ruft einen Kumpel an; der ist ganz wild entschlossen, Geld einzuwechseln.

Als der Agent eine gestenreiche Diskussion mit unserem 1. Offizier über einen leeren Container, für den ein Gesundheitszeugnis fehlt – ehrlich, beendet hat, haben wir einen netten Plausch. Er muss unseren 2. Ing. ins Krankenhaus fahren, der eine Beinverletzung hat. Kurz entschlossen nimmt er Helen und mich mit an Land. Eigentlich ist der Mann total im Stress findet aber die Zeit, uns kreuz und quer durch Belém zu kutschieren, besonders durch das Altstadtviertel, wo man   tunlichst nicht allein hin sollte. Wir bewundern die ehrwürdige Universität und den Prachtbau der Oper. Das Gebäude haben die Gummibarone Anfag des 20. Jahrhundert errichten lassen, als das Geschäft mit Rohgummi noch boomte. Wegen der Pferdekutschen wurden die Zufahrtswege mit Holzplanken gepflastert, die noch heute Bestand haben.

Zwischendurch muss unser Agent im Hafenamt Papiere abliefern. Natürlich sind die Strassen total verstopft und Parkmöglichkeiten gibt es keine. Aber auch für dieses Problem gibt es ein „jeitinho". Er hält einfach an, lässt den Schlüssel stecken und ein dienstbeflissener Junge fährt das Auto so lange durch die Gegend (wir immer hinten drin), bis der Senhor zurück ist. Die Leute haben dafür ein Döschen mit Kleingeld im Auto, so wie wir zu Hause Parkgroschen. Zum Schluss bringt er uns ins moderne Belém mit seinen Glaspalästen, Wolkenkratzern, Supermärkten und Shopping Malls – alles klimatisiert.Helen und ich trinken einen wunderbaren Kaffee und dann geht jede ihrer Wege.

Ich ergötze mich im Supermarkt, der sich über drei Etagen erstreckt. Bald habe ich keine Reais mehr und kann einen Taxifahrer überreden, mich gegen Bezahlung in Dollar zum Schiff zu bringen. Hier erkläre ich dem Zwerg, dass ich nochmals tauschen möchte. Sein Kumpel ist inzwischen zwar weg, aber er lässt ein Seil runter zu den Männern, die auf einem Tankzug sitzen und unser Altöl abpumpen. Die binden eine Plastiktüte mit Reais daran, der Zwerg zieht die Tüte hoch und meine Dollars gelangen auf dem selben Weg abwärts zum „Banker".

Dann dackele ich nochmals los – mir steht der Sinn nach Kochen – und kaufe den Rest für ein Abendessen ein. Ein paar Kilo frische Gambas, Knofi, Palmitos, Tomaten, Oliovenöl und Limetten. Ich muss wohl schon recht ältlich wirken, als ich mit meinen Einkaufstüten ins Hafengelände komme. Jedenfalls sehen die mich vom Schiff aus schon von weitem und ein Filippino springt die Gangway hinunter und nimmt mir die Tüten ab.

Um 15 h treffe ich den Kapitän bei seinem einsamen, späten Mittagessen. Er hat Sorgen. Das Krankenhaus hat sich gemeldet, der 2. Ing. muss operiert werden; man hat beidseitige Bänderrisse am Knie festgstellt. Das an sich ist schon schlimm genug. Tragisch dagegen ist, dass der Mann gleichzeitg Sanitäter ist und ohne ausgebildeten Sanitäter darf das Schiff nicht auslaufen.

Placido, der Koch, und ich bereiten das Abendessen vor. Er ist Profi. Trotzdem grinst er ständig „you teach me, Ma'am". Ich probiere mit einem Messer so gross und scharf wie ein Samurai-

Schwert, Zwiebeln zu schneiden. Das geht prompt schief und er verpasst mir ein grosses Pflaster.

Dann muss ich unter die Dusche und bis zum Abendessen die Füsse hoch legen.

Heute wollen wir gegen Mittag in Richtung Fortaleza ablegen. Den 2. Ing. nehmen wir mit, da es vom Urlaubsort Fortaleza Direktflüge in die Heimat gibt. Auf diesem Weg bekommen wir dann auch einen Ersatzmann für ihn. Paul und Marye wollen nochmal an Land. Mit ihren Klapprädern sind sie in jedem Hafen d i e Attraktion. Ich japse schon, wenn ich zu Fuss unterwegs bin. Den beiden macht die Hitze offensichtlich nichts aus - sie sind dünn und zäh.

Nach drei Tagen haben wir in Fortaleza – Grossstadt mit 2,5 Mio Einwohnern - festgemacht. Entlang der Küste erstreckt sich ein Boulevard wie die Copacabana in Rio, etliche Kilometer lang mit fantastischen Hochhäusern. Brasilianische Architekten stellen nicht einfach Wolkenkratzer in Reih und Glied in die Landschaft sondern Gebäude mit schwebenden Balkonen, Häuser in Wellen – oder Stromlinenform, Glastürme, Häuser mit Mosaikfronten usw.

Vor dem Frühstück finde ich den hiesigen Agenten im Gespräch mit dem Kapitän. Wie schon in Belém habe ich die vollen Aufmerksamkeit, wenn ich die Leute auf Brasilianisch anspreche. Auf wundersame Weise hat sich ein Schalter im Kopf auf „an" getellt und ich rede wie ein Wasserfall. Der Agent bestellt ein Taxi seines Vertrauens – was wohl sehr wichtig ist - für 9 h. Paul und Marye's Klappräder werden im Kofferraum verstaut und wir vier fahren los. Der Taxifahrer weist darauf hin, zurückzu bloss nicht allein durch die Gegend am Hafen zu laufen. Paul will das nicht begreifen, weil alles recht friedlich aussieht. „Ja", meint unser Fahrer, „die Räuber liegen hinter Mauern auf der Lauer und springen aus ihrem Versteck, wenn ein Opfer naht". Wir machen eine Sight Seeing Fahrt bis zum Mercado Municipal (Grossmarkthalle) am Ende der Stadt, wo die Geschäfte auch sonntags geöffnet haben. Zusammen trinken wir noch einen schnellen Kaffee und gehen dann getrennter Wege.

Gemächlich schlendere ich auf der Pracht-Avenida zurück in Richtung Hafen. Es gibt eine Menge fliegender Händler aber auch starke Polizeipräsenz auf zweirädrigen Elektrorollern, so dass es Händler oder Diebe nicht wagen, zu nahe zu kommen. Fortaleza scheint das Rio de Janeiro des Nordens zu sein, hauptsächlich frequentiert von Familien. Abgesehen davon tummelt sich eine Menge Daddys mit auffallend jungen Mädchen an der Hand und Schwule flanieren mit ihren Jünglingen im Minitanga umher. Circa alle 100 m steht eine Telefonmuschel. Nach einigen Stunden rufe ich von dort kostenlos die Nummer unseres Fahrers an. Er hatte mir vorher versichert, dass er sofort zurückruft. Und tatsächlich klingelt nach ganz kurzer Zeit „meine" Telefonsäule. Ich erkläre ihm, dass ich vor einer Surfschule bin und auf einer Bank im Schatten einer Palme auf ihn warte. Wir hatten ausgemacht, die Hin – und Rückfahrt erst am Ende zu bezahlen, was ich dann tue. Er hat heute einen guten Tag, weil Helen ihn später auch anfordert und er den 2. Ing. zum Flughafen bringt. Paul und Marye sind ebenfalls zurück. Unter dem freundlichen Druck der Polizei sind sie vor Erreichen des Hafengebietes letztlich doch in ein Taxi gestiegen.

Nachdem aus Zeitgründen   der brasilianische Hafen Natal gestrichen wurde, sind wir nun auf dem Rückweg Richtung Europa, mit geplanten Zwischenstops in Algeciras und Vigo, beides in Spanien. Die jetzigen 25 Grad empfinden wir rnach der Tropenhitze als sehr angenehm.

Auch in Sachen Pool sind Paul und Marye etwas uneinsichtig – ob das beginnender Altersstarrsinn ist ? Am späteren Nachmittag ist das Wasser meistens nur noch hüfthoch. Durch das Schaukeln des Schiffs schwappt es raus und eine Seite vom Pool kann plötzlich trocken liegen. Es besteht grosse Verletzungsgefahr, wenn man dann trotzdem reingeht und von der Wucht des restlichen Wassers auf's Trockene geschleudert werden könnte. Auf mich hören die beiden natürlich nicht. Die Brücke hat ebenfalls eine Warnung ausgesprochen. Aber „ach, wir plantschen nur ein wenig, wie die Kinderen". Später stellt sich heraus, Marye ist aus Trotz weiter in den halbleeren Pool gegangen, weil „der Kapitän hat mich nichts gesagt, nur an Paul".

Zwischen cookie, dem Koch, und mir besteht ein guter Draht. Die Rumänen erwarten möglichst grosse Protionen Schweinefleisch mit Fettrand und der philippinische Teil der Crew hat ganz andere Wünsche. Dadurch habe ich gestern exotischen Fisch gegessen, gekocht mit Auberginen, frischem Rettich, Ingwer und Chinakohl. Heute soll es Rollbraten geben. Ich habe cookie vorgeschlagen, wenn er das Fleisch sowieso rollt, könnte er ja auch etwas darin einwickeln. Wir haben uns auf Backpflaumen und Möhren geeinigt. „Looks nice, Ma'am, when cutting slices".

Heute ist nicht mein Glückstag. Wir haben starken Wind von vorn, der mir meine Brille buchstäblich von der Nase fegte. Paul hat mir eine Lesebrille und Helen eine normale Brille geliehen. Beide Brillen haben zwar nicht meine Stärke, helfen mir aber notdürftig über den Tag. Jdenfalls könnte ich ohne diese Sehhilfen nicht mal die Anzeigetafeln lesen, wenn ich in 8 Tagen mit dem Zug nach Hause fahren muss.

Ich habe mir sagen lassen,dass wir in 3 Stunden die Kapverdischen Inseln passieren; selbst kann ich das auf der Seekarte nicht erkennen. Wie heisst es so treffend: „shit happens". Man sagt aber auch „think positive". Das versuche ich jetzt. Marye hat angeboten, mir vorzulesen und Paul „erfreut" mich mit Zitaten aus dem Koran, durch den er sich seit ein paar Tagen kämpft. Kolossal die Energie der Beiden.

Überhaupt haben wir mit Marye eine Art Florence Nightingale an Bord. Jeden Morgen stapft sie mit einer Plastiktüte übers Schiff und sammelt Schräubchen, Knöpfe, Taureste, tote Käfer und ähnlichen Unrat ein. An einer Uhrkette trägt sie ein Schweizer Taschenmesser. Damit werden Saftpackungen aufgeschnitten und Dinge repariert – der Toaster hat dabei seinen Geist aufgegeben. Krümel werden mit einem Bürstchen vom Tisch gefegt, Teller gestapelt, Messer abgeleckt. Diese Manie ist mitunter nervig. Trotzdem kann man nicht ungeduldig reagieren, wenn sie einen mit veilchenblauen Augen anstrahlt „nü is alles ordéntlich". Helens Kommentar dazu: „Die war noch nie in einem Fünfsterne-Hotel".

Soeben bin ich aus süssen Träumen hochgeschreckt: 7 kurze Signale der Schiffssirene. Das bedeutet „abandone ship" (Schiff verlassen). Man schnappt sich die Schwimmweste und rennt zur Musterstation, u.z immer über Aussentreppen, damit man nicht Gefahrt läuft, innen durch Feuer oder Trümmer eingeschlossen zu werden. Helen stand beim Alarm mit Gesichtsmaske unter der Dusche und Marye und Paul hatten in der Eile die Schwimmwesten vergessen. Sonst hat alles geklappt. Die Mannschaft hat im Anschluss noch Kommando „Mann über Bord" geübt. Ich schätze, wenn der Ernstfall eintreten würde und vielleicht noch bei Nacht, läuft das nicht so gesittet ab. Heute wurde die Übung als Abwechslung empfunden und so mancher nahm sich Zeit für Witzchen und Albernheiten .

Gerade haben wir in Algeciras festgemacht. Der Hafenbetrieb ist beeindruckend. Modernste Krananlagen aus China. Mehrere Katamarane und Fähren verkehren zwischen hier, Marokko und Gibraltar. Obwohl es diesig ist und nieselt, ist Gibraltar so nah, dass ich den Felsen von meinem Fenster aus sehen kann. Im Moment sind noch Zoll und andere Behörden an Bord. Ich habe aber schon gehört, dass wir hier nur für 4 Stunden liegen und ob da ein Landgang möglich ist, bezweifele ich.

Beim Abendessen entwickelt sich eine heisse Diskussion: Wann nennt man ein Schiff „ship" und wann „vessel". Später setze ich mich hin und versuche, eine Liste aufzustellen.

Oberbegriff Schiff	Oberbegriff Ship
Frachtschiff	Cargo Vessel
Motorschiff	Motor Vessel
Container Schiff	Container Ship
Dampfschiff	Steamer
Kühlschiff	Reefer

Tankschiff	Tanker
Bananendampfer	Bananaboat
Fähre	Fairy

Auch bei den Berufsbezeichnungen gibt es sprachliche Unterschiede.

Deutsch	Englisch
Kapitän, gen.der Alte	Master / Captain
Erster Offizier	Chief Mate, genannt Chief
Zweiter Offizier	2nd Officer
Chef Ing., genannt Chief	Chief Engineer
Zweiter Ingenieur	2nd Engineer
Offiziersanwärter	Kadett
Kühltechniker	Reefer
Bootsmann	Bosum
Vollmatrose	Able Seaman
Leichtmatrose	Seaman
Koch, gen.Smutje	Cook
Steward	Messman

Seit einiger Zeit schippern wir parallel zur portugiesischen Küste und sind gerde auf Höhe von Viana do Castello, nördlich von Porto. Da war ich 1990 mit Verena und Gerhardt. Sie sind 1989 nach dem legendären Satz von Genscher vom Balkon der Dt. Botschaft in Prag nach Hamburg gekommen und Portugal war der erste Urlaub „in Freiheit". Nachdem man sich von der 32stündigen

Nonstopp Autotour erholt hatte, wurde es ein toller Urlaub. Im Gegensatz zur Algarve ist der Norden touristisch wenig erschlossen. Wir hatten das Sommerhaus eines Arztes aus Lissabon gemietet. Es lag an den Klippen mitten im Pinienwald, und der kilometerlange Sandstrand gehörte uns allein.

Im Moment fahren wir ständig über markierte Fischgründe. „Nein", sagt der 1. Offizier, „das ist für unsere Schraube nicht gefährlich", die Netze liegen sehr tief am Meeresgrund. Ja, auch daran erinnere ich mich. In der Markthalle von Viana do Castello gab es wahre Meeresungeheuer zu kaufen: 2 m lang, schwarz, ca. 20 cm breit. Diese Art kommt nur hier in tiefsten Tiefen des Atlantiks vor.

Beim Frühstück gibt's kontroverse Diskussionen. Paul versteht nicht, warum die Lotsen vor allen Häfen immer stundenlang auf sich warten lassen. Für mich ist das klar: Die Reederei spart an der falschen Stelle. Normalerweise schaukelt die Umhängetasche der Lotsen hin und her, wenn sie die Jacobsleiter erklimmen und hängt straff, wenn sie wieder von Bord gehen, d.h. zurückzu ist die Tasche mit einer Pulle „beschwert". Diese Tradition wird auf der Homere nicht praktiziert. Paul versteht das, für ihn ist das „Pullengeschenk" Bestechung. Ich nenne es Trinkgeld, das sich auszahlt, denn unterm Strich ist es für die Reederei günstiger, wenn daruch der Fahrplan eingehalten werden kann .

Als wir Europas westlichensten Punkt passieren, ist es draußen grau in grau. Morgen hat unser 1. Offizier Geburtstag. Ich werde ihm als Juxgeschenk den Rest meiner Waschpulverration vermachen. Normalerweise ist Waschpulver kein Thema an Bord. Versehentlich wurden statt 15 aber nur 6 Trommeln in Rotterdam angeliefert, so dass Nelson zu Beginn der Reise angewiesen wurde, für jeden ein eigenens Säckchen abzufüllen. Für die Mannschaft, die für ihre Overalls selbst verantwortlich ist, bedeutet das schon eine Einschränkung. Es ist immer wieder erstaunlich, welche Nichtigkeiten an Bord Bedeutung bekommen .

Der Ärmelkanal ziegt sich gnädig – gute Sicht, wenn auch der Wind pfeift und die Gischt flach übers Wasser peitscht. Noch haben wir die Flut gegen uns, die uns auf knappe 16 Knoten bremst. Gerade passieren wir Guernsey an Steuerbord und haben Funkkontakt zu England und Cherbourg, aber noch kein Telefonnetz. Der Schiffsverkehr nimmt zu, daher ist die Brücke mit Kapitän, 3. Offizier plus Kadett dreifach besetzt und Paul rennt allen vor die Füsse.

Die Endstation Rotterdam ist um 5 h erreicht. Der Kapitän hatte gestern noch Mail-Kontakt mit dem Agenten und für Helen und mich Taxis für 9 h bestellt. Paul und Marye werden von ihren „Buben" abgeholt. Alles klappt bestens. Grosse Verabschiedung und dann erreiche ich pünktlich meinen Zug um 10.30 h. Die Witterungsverhältnisse haben sich normalisiert, so dass ich nur drei Mal umsteigen muss und gegen 20 h in Oldenburg/OH ankomme. Allerdings trifft mich dann fast der Schlag: Ich muss den Taxifahrer überreden, überhaupt eine Fahrt nach Marxdorf zu versuchen. Meterhohe Schneeberge bremsen uns aus. Meine Nachbarin Brike hat netterweise eine Schneise geschaufelt, damit ich überhaupt ins Haus komme.

Ich drehe die Heizung auf volle Pulle und morgen geht das normale Leben wieder los, als ertes natürlich zum Optiker - wie schnell doch sechs Wochen vergehen , schade !

Schiff: Cap Vilano, Mehrzweckfrachter

Zeit: 2011

Reederei: Hamburg Süd, Harmstorf Reederei

Route: Hamburg - Felixstowe/GB - Tanger/Marokko -

              Alexandria/Ägypten – Haifa/Israel –
Mersin/Türkei -

              Ashod/Israel – Alexandria/Ägypten – Antwerpen/

              Belgien – Felixstowe/GB - Hamburg

Es ist kurz nach 11 Uhr, ich bin auf der Cap Vilano am Burchardkai im Hamburger Freihafen angekommen. Erster Eindruck: sehr ordentlich. Überraschenderweise kommt der Kapitän , Mr. Marlon Mission, aus Fernost. Da muss er schon s e h r gut sein. Von anderen Schiffen kenne ich das so, dass Philippinos eher die unteren Chargen bekleiden. Ich werde vom Messboy ins Office geleitet, wo Kapitän und Olaf Wilken mich mit einem Pott Kaffee begrüssen. Olaf habe ich durch „Vermittlung" von Eddie Jacobs aus England, Bekannter einer früheren Frachterreise, kennen gelernt. Olaf kommt aus Frierichstadt. Ein Nachbar hat ihn hergebracht, wobei sie sich im Freihafengelände etwas verfranst haben. Ist zugegebenermaßen auch sehr verwirrend.

Ich hatte mehr Glück. Als ich um 8 h vom Taxi zu Hause abgeholt werde, wird die Karte auf meinen Knien etwas nachsichtig belächelt und die freundliche Stimme des Navis lotst uns dann auch bis vor den Abfertigungscontainer im Freihafen.   Um 12 h gibt es Mittagessen: Echte, d.h. selbstgekochte Champignonsuppe, Hühnchen mit Ingver, Kartoffelgratin , Nachtisch. Gegessen haben Olaf und ich mit dem Kapitän und Frau Dr. Oetker, ihresZeichens Prokuristin der Harmstorf Reederei, die zum Oetker Kozern gehört. Wann hat man schon Gelegenheit, mit einem Mitglied der Oetker Dynastie zu speisen.

Die Offiziersmesse sieht mit altrosafarbenen Tischtüchern und hellgrünen Servietten recht ansprechend aus. Cookie, philippinischer Koch mit Haarnetz und Einweghandschuhen, habe ich bei dieser Gelegenheit in seinem Reich besucht und mich vorgestellt.

Inzwischen habe ich ausgepackt und alles verstaut. Besonders happy bin ich über das Kopfkissen in gewohnter Größe. Die sonst üblichen halben Dinger 40 x 80 cm mag ich nicht besonders. Die Reederei muss ein Faible für Picasso haben, da die Kabinen keine Nummern haben, sondern nach Frauen benannt sind, mit denen Picasso zu tun hatte. Ich bin Helene und Olaf wohnt in der Kabine Olga.

Um 18 h sollen wir auslaufen. Draussen sieht's bei -8 Grad und gefrierendem Nebel düster aus. Container-Transportkatzen, Stapler und Trucks quälen sich durch schmutzigen Altschnee. Im Hafenbecken treiben dicke Eisschollen dicht an dicht. Beim Abendessen erfahren wir, dass die Abfahrt bis auf weiteres auf 20 h verlegt wurde. Na, das stört mich überhaupt nicht, zumal wir ausserplanmässig als erstes Felixstowe anlaufen und die Chance besteht, dort meine bestellten Zigartten zu bunkern; in Hamburg waren sie ausverkauft. Geistige Getränke können wir aber schon ordern . Olaf nimmt einen Karton Bier und ich 6 Flaschen Cabernet Sauvignon aus Chile und jeder natürlich einer 6er Tray Wasser.

Pünktlich um 20 h erklimmen wir den Olymp – 6 Decks bis zur Brücke – das kostet Puste! Wegen des eisigen Wetters wird noch immer geladen und der Hafenlotse ist nun für 22 h bestellt. Nee, das ist mir zu spät. Ich genehmige mir ein Weinchen und falle in die Koje. Bis Felixstowe sind 24 Stunden veranschlagt, so dass wir nachts ankommen und wegen Neujahr und Voranmeldungen anderer Schiffe bis 04. Januar – also 3 Tage – auf Reede liegen werden. So kommen Fahrplanverspätungen zustande. Morgen Abend steigt eine Silvesterparty und der Kapitän hofft, vor 24 h Anker werfen zu können, damit alle zusammen um 24 h anstossen können.

So, um halb elf erklimme ich dann doch noch die Brücke; hat sich gelohnt. Habe nämlich nette Unterhaltung mit dem Hafenlotsen der wartete, dass die letzten Container an Bord kommen und die Luken geschlossen werden. Wie alle Lotsen hat er ein Kapitänspatent für grosse Fahrt. In Hbg. besteht die Bruderschaft z.Zt. aus 90 Hafenlotsen. Sie haben privat ein Unternehmen gegründet, das weltweit bei Hafenneubauten oder Umbauten beratend tätig ist. Da kommt man ganz schön in der Weltgeschichte herum. Wir haben uns so angeregt unterhalten, dass der Kapitän dezent darauf hinweisen musste, die Leinen sind los und die Hauptmaschine ist gestartet.

Am Morgen passieren wir die holländischen westfriesischen Inseln Es ist kaum zu glauben: gestern 8 Grad minus und heute 8 Grad plus bei strahlender Sonne. Vormittags hat Olaf die Idee, uns zu beschallen. Er hat mehrere CDs und DVDs mit. Außer einem Kühlschrank und TV sind in jeder Kabine entsprechende Geräte verfügbar. Leider sind wir beide technisch unterbelichtet und kriegen den Player nicht zum Laufen. Ich werde mich mal auf die Suche nach dem Elektriker machen und schaue unterwegs bei Cookie vorbei. Er ist mit einem Spanferkel beschäftigt, das bis heute Abend zur Party fertig werden muss.

Du meine Zeit, solch eine herzliche Party habe ich auf Schiffen noch nie erlebt ! Bis auf drei Mann, die Wache schieben, sind alle da, also mit uns zwei Passagieren 20 Personen. Im Office ist eine lange Tafel hübsch eingedeckt und auf dem Sideboard türmen sich die zerlegte Miss Piggy, Spaghetti Bolognese, Eisbergsalat mit Schmand und Räucherlachs, gefüllte Tortillas, Shrimps, Reis, frischer Obstsalat und Torte.

Als erstes spricht der Bootsmann ein Dankgebet, dem alle stehend andächtig zuhören. Danach bedankt sich der Kapitän für die gute Zusammenarbeit und Kameradschaft im vergangenen Jahr. Im Anschluss wird jeder namentlich aufgerufen und bekommt ein Marzipanschweinchen überreicht; es ist ein Gruß von Frau Dr. Oetker an die Crew. Olaf und mir überreicht man eine Tüte mit Naschwerk. Während des Essens werden wir vom Kapitän mit Karaoke vom Feinstein unterhalten. Welcher deutsche Kapitän würde schon für seine Jungs den Clown spielen. Er ruft dann einen Wettbewerb aus, nämlich wer die maximalen 100 Punkte der

Bewertung auf dem Screen erreicht, soll von ihm 20 Dollar bekommen. Immerhin habe ich im Duett mit dem Bootsmann 94 Punkte geschafft.

Es folgt ein Eisessen-Wettbewerb. Paare mit verbundenen Augen müssen sich gegenseitig füttern. Danach werden Geschenke von Lieferanten verlost. Keiner ist benebelt, trotzdem sind sie ausgelassen wie kleine Kinder und sogar die vier ukrainischen Crewmitglieder tauen auf.

Neujahr herrscht draußen eine typisch englische dicke Suppe. Wir können inzwischen den CD-Player bedienen und genieesen ein lautstarkes Klavierkonzert von Mozart.

Am 2. Januar werde ich durch ein Vibrieren geweckt, die Hauptmaschine wurde angeschmissen. Auf der Brücke treffe ich auf volle Besetzung: Kapitän, 1. Offizier, Rudergänger und der Lotse ist auch schon an Bord.

Ich verhalte mich möglichst unauffällig, um bloss nicht zu stören. Trotzdem kommt   Käptn angerannt – ich habe ihn noch nie langsam gehen sehen – ob ich einen morning tea haben möchte.

Nach zwei Stunden haben wir festgemacht. Zwischendurch gab's Frühstück, wobei ich für allgemeine Belustigung sorge. Ich bestelle ein 5 Minuten Ei und bekomme fünf gekochte Eier serviert.

Um 10 h können wir englischen Boden betreten. Ein herbeigerufener Shuttlebus bringt uns bis zur Seemannsmission. Die Lady dort gibt dem Fahrer ihr O.K., uns ins Centrum zu fahren, wofür Olaf ihn mit 5 Dollar belohnt.

Obwohl Sonntag ist, haben einige Geschäfte geöffnet. Ich finde tatsächlich Seife und Duschgel von Yardley (Englisch Lavendel). Nun sind von meinen 35 Pfund, die ich seit einigen Jahren besitze, noch 20 übrig. Felixstowe ist ein nettes, sauberes Städtchen. Wir schlendern durch die Fussgängerzone, trinken einen Cappucino und überlegen, chinesisch oder indisch essen zu gehen, wär doch ganz nett. Dafür reicht aber meine Barschaft nicht und Olaf versucht, am Bakomat Geld zu ziehen, was aber nicht von Erfolg gekrönt ist. Na ja, ein Taxi bringt uns zurück zur Seemannstation und der Shuttel Service zurück zum Schiff.

Leider eröffnet mir der Kapitän, dass es auch hier in Felixstowe mit der Anliefrung einer leichten Zigarttenmarke nicht klappen wird. Im Laden liegt der Preis bei 6 Pfund 20 – das sind umgerechnet 10 Euro für eine Schachtel ! Also müssen Olaf's Vorräte bis Tanger für uns beide reichen.

Am nächsten Vormittag fahren wir parallel zu den White Cliffs of Dover. Der Rudergänger fragt, warum die Klippen weiss seien. Es ist seine erste Reise in diesem Fahrgebiet und Olaf kann ihm über die Entstehung der Kreidefelsen etwas erzählen. Unser Punching Ball – so habe ich den Kapitän wegen seiner Quirligkeit insgeheim getauft - zeigt uns Bilder vom Landgang in Ägypten und Israel. Ganz stolz ist er auf seine Taufe im Jordan. Als gläubiger Katholik ist er natürlich längst getauft aber der Jordan, das ist etwas ganz besonderes für ihn; nun ist er voller Erwartung auf Betlehem und Jerusalem. Er sieht aus wie Ende 20, ist aber „schon" 46 und vierfacher Großpapa.

Nachmittags ist es uns gelungen, den DVD Player auf deutsche Sprache einzustellen und Shakespeare's „Kaufmann von Venedig" anzusehen. War für mich verständlicher als in Buchform. Nun hat Olaf noch „Lola rennt" und alle Folgen des „Paten" anzubieten.

Eben komme ich zurück von einem Außenspaziergang und muss die dicken Klamotten loswerden. Es ist mit plus 10 Grad weder kalt noch warm aber recht windig. Wir nähern uns jetzt dem berüchtigten Gebiet der Biscaya. Gefürchtet wird die Gegend deshalb, weil es hier meistens stürmt. Das Gebiet ist nicht mehr so eng befahren wie der Kanal, aber man sieht doch einige Schiffe, vor allem die riesigen Pötte von Cosco, d e r chinesischen Reederei. Ein Autotransporter von Grimaldi hat uns überholt. Diese schwimmenden Ungetüme haben mit Schiffen garnichts mehr zu tun und sehen aus wie riesenhafte rechteckige Schuhkartons.

Ich glaube, im Kartenraum den Ursprung unseres Schiffsnamen entdeckt zu haben, also das Cabo Vilano, nördlich von Finistere. Bisher konnte mir keiner die Herkunft des Namens erklären und ich bin einigermassen stolz. Später nimmt mir der Kapitän diese Illusion, da es in Süd Amerika auch ein entsprechendes Cap gibt. Natürlich ist seine Erklärung plausibel, denn die Anfänge der Hamburg Süd lagen im Liniendienst mit Brasilien und alle ihre Schiffe heissen „Cap...." oder „Santa..." Die „Cap San Diego" zum Beispiel liegt heute im Museumshafen Hamburg Övelgönne und auf der „Santa Isabell" sind meine Eltern und ich Ende 1959 von Brasilien nach Deutschland zurückgekommen.

Heute ist Waschtag, was sich gewaltig anhört, uns technische Laien aber beinahe überfordert. Waschpulver ist einfach nicht zu finden, bis Arnel, der Messboy, uns zeigt, dass Waschmittel in flüssiger Form aus einer Leitung direkt in die Maschine fliesst. Später flöhen wir dann unser Unterzeug und Pyjamas auseinander.

Um 14 Uhr sollten die geehrten Passagiere zwecks Einweisung am Rettungsboot erscheinen. Unser 3. Offizier hat wohl verschlafen und anrufen will ich ihn nicht, die haben so anstrengende Wachen. Stattfinden wird diese Pflichtübung schon noch, denn alles muss protokolliert werden; ständig stehen unangemeldete Kontrolle an, die das überprüfen. Morgen sind wir eine Woche an Bord. Es kommt mir viel länger vor. Alles scheint schon weit weg, nichts Belastendes ist greifbar, die innere Ruhe ist wohltuend. Die Biskaya haben wir wohlbehalten velassen. Wirklich ungewöhnlich, dass es nicht geschaukelt hat.

Frühstück gibt's immer um acht. Cookie hat jeden Morgen eine Überraschung bereit: Ham and Eggs oder Würstchen oder Pancake oder hauchdünnes Omelett oder baked beans oder, oder oder. Pünktlich um 12 Uhr folgt der Lunch und um 18 Uhr wiederum ein warmes Gericht. Sicher habe ich schon ein paar Kilochen zugenommen, aber auch das tangiert mich erst, wenn ich wieder zu Hause bin. Zwischendurch wird viel gelesen oder man zerbricht sich den Kopf über das Crux-Rätsel im „Stern" oder hört Musik oder geht auf ein Schwätzchen auf die Brücke. Ich habe Olaf gebeten, eine Stunde täglich mit mir Französisch zu sprechen. Nun ja, versuchen zumindest.

Nach dem Frühstück schaue ich immer in der Küche vorbei. Heute Mittag soll es Ochsenzunge geben und wir diskutieren über

Zubereitungsarten. Ich sage Madeira- oder Merrettichsauce wäre schön. Daraufhin serviert Cookie mittags beide Varianten. Man sollte mal erwähnen, dass die Pantry ein hochmoderner, geräumiger, heller Raum ist, ausgestattet mit allen erdenklichen technischen Geräten. Rechts wird die Offiziersmesse bedient und links die Mannschaftsmesse. Dort läuft 24 Stunden am Tag der Fernseher. Die Philippinos lachen sich halbtot über Comics oder Fantasieprogramme.

Mich erstaunt immer wieder, dass wir täglich frische Stoffservietten bekommen. Dafür ist der Messboy zuständig, der sie jeden Abend wäscht und bügelt. Für einen Frachter finde ich das übertrieben, aber vermutlich liegt das am Einfluss von Frau Dr. Oetker.

Bei 18 Grad sitze ich achtern und geniesse Windstille und Sonne. Links zeichnet sich die spanische Küste ab und rechts, näher dran, Marokko. Wir laufen zwar 8 Knoten, wobei nur 1 Knoten von der Maschine erzeugt wird, den Rest macht die Strömung. Wir nähern uns ganz gemächlich der Meerenge von Gibraltar. Allerdings werden wir nicht in der Stadt Tanger festmachen, sondern im Containerumschlagplatz Tanger Mediterrané. Von hier gelangen Container ins Schwarze Meer oder nach Süd Afrika. Ich glaube nicht, dass wir nächtens per Taxi durch Marokko düsen, um durch die Altstadt von Tanger zu bummeln, zumal gerade über Lautsprecher Sicherheitsstufe 2 durchgegeben wurde. Später klärt uns ein reizender Lotse auf, die Altstadt habe nichts Verruchtes mehr an sich; die Stadt sei nur noch eine Touristenattraktion. In wie weit das Wunschdenken ist, kann ich nicht sagen. Es gibt die Möglichkeit, mit dem Agenten nach Tanger reinzufahren. Aber dann müsste man auch wieder 100 km zurück und das bei Nacht. Nee, man muss das Unglück ja nicht herausfordern, obwohl ich gerne einen Kaftan kaufen würde.

Es verspricht, ein ruhiger, sonniger Tag zu werden. Marokkos Küste haben wir schnell hinter uns gelassen und fahren jetzt parallel zu Algerien. Zum Frühstück liegen in der Messe immer die neuesten Nachrichten aus, die per Fax von einer Presseagentur auf Zypern gesendet werden. So weiss ich, dass es in Niedersachsen

Fälle von Schweinegrippe gegeben hat, der Dioxinskandal wieder auflebt und Herr Westerwelle heute mit China millionenschwere Verträge für VW und Daimler unterzeichnet.

Du liebe Zeit, wie kann man nur sooo faul sein. Eine wohlige Trägheit ist über mich gekommen. Ich habe bereits das dritte Buch am Wickel. Heute Nachmittag sind wir an Malta vorbei gefahren und Dienstag sollen wir Alexandria erreichen. Ich habe achtern ein schönes Plätzchen für meinen Regiestuhl. Allerdings schleppe ich meinen halben Hausstand mit: Buch, Zigaretten, verschliessbaren Aschenbecher, Kaffee-Pott, Kopfkissen und Wolldecke. Abends gibt's im Puschenkino bei Olaf einen Schlummertrunk und da kommt mein Kopfkissen als Rückenstütze auch mit. In Anlehnung an die Peanuts fragt Olaf prompt, ob Linus nun alles beisammen hat.

Trotz der Trägkiet, die einen auf See befällt, kommen Gespräche zustande. Zu meinem Dauerthema Uran finden wir aber keine Erklärung. Ich weiss, in welchen Ländern es vorkommt und dass unser Bedarf aus Niger stammt, wobei Frankreich für die kommerziellen Belange das Heft in der Hand hat. Wie ergiebig sind die Vorkommen in Niger ? Wird es in Kilo oder tonnenweise gehandelt ? Was kostet es von der Förderung bis zum Einsatz im AKW, bzw. wie sieht ein Preisvergleich mit anderen Energiearten aus ? Wie abhängig sind wir ? Hat Frankreich die Macht, uns schlimmstenfalls sozusagen im Dunkeln sitzen zu lassen ? Warum wird die Bevölkerung im Unklaren gelassen und warum liest man zwar etwas über Demos gegen End- bzw. Zwischenlager, nie aber über die Bedingungen, die das Betreiben eines AKW's überhaupt erst möglich machen ?

Ein anderes Thema ist unser unterschiedlicher Lesestoff. Olaf kämpft sich durch Musils „Mann ohne Eigenschaften" wogegen ich historische Schinken vorziehe und gerade den englischen Rosenkrieg durch habe, der mit der Gründung der Tudor Dynastie endet. (Nun weiß ich auch, woher dieser Begriff bei Scheidungen stammt). Momentan lese ich ein Buch über die Machenschaften im Vatikan nach dem Borgia Papst Alexander und Bemühungen, Italien zu einen.

Wir nähern uns Alexandria. Ich habe einen Logenplatz und lasse die langsam wachsende Silhouette auf mich wirken. Wie lange wir hier ankern müssen, weiß man noch nicht. Jedenfalls zähle ich 25 Schiffe auf Warteposition. Ich frage den Kapitän, ob man das Warten mittels Backschisch nicht verkürzen könne. Also, die bekämen sowieso schon mehr als genug. Er sagt auch, ohne Führer lassen die Behörden uns nicht an Land. Begründet wird das mit Sicherheitsbestimmungen.

Dann gibt's da heute Vormittag noch den Vorfall mit Philipp auf der Brücke. Er ist ein bildschöner, grosser, schlanker Junge, immer selig lächelnd – aber nicht dümmlich blöd – und immer alleine. Auch die Mahlzeiten nimmt er allein in der Teeküche ein und nicht mit seinen Landsleuten in der Mannschaftsmesse. Ich frage ihn, ob er krank ist. „No". Ich bohre weiter und strahlend erzählt er mir, er ist seit 9 Monaten an Bord und hat Heimweh. Und heute auf der Brücke hat dieser strahlende Junge geweint als der Kapitän ihm sagte, er soll sich endlich mal entscheiden, ob er den Ausflug von Ashod aus mitmachen will oder nicht; er könne nicht immer nur denken und lächeln. Ist schon grotesk, denn alle Philippinos lächeln hier; aber die sind dabei mopsfidel.

Was für ein Tag.! Schon um 8 Uhr heisst es, der Reiseagent ist an Bord. Der riesige Konferenztisch iast mit Papieren übersät. Gesundheitsbescheinigungen, persönliche Zolldeklarationen jedes einzelnen, Inventar Listen – wir haben noch 70 kg Geflügel, Milch, Bier, Gemüse – alles ist aufgezählt bis hin zu Büromaterial. Das muss jetzt in jedem Hafen gezählt und protokolliert werden.

Im Office treffen wir auf Nasser. „Oh" sage ich, „Sie heissen wie der frühere Präsident". Das trägt mir Sympathieausbrüche ein - die junge lebenslustige Lady wird umarmt... Das kann ja noch heiter werden.

Nein, wir wollen weder zu den Pyramiden noch nach El Alamain, wo der Wüstenfuchs Rommel seine Niederlage hatte und Kairo kennen wir bereits; wir wollen einfach Alexandria besichtigen. Der 3. Offizier holt unsere Pässe aus dem Safe. Damit geht Nasser zum Hafenamt und zur Polizei; in einer Stunde will er zurück sein. Zwischendurch muss Olaf ihm telefonisch den Hersteller, Name und Seriennummer seiner Kamera durchgeben. Nach zwei Stunden taucht Nasser mit den gestempelten Pässen wieder auf.

Alles, was als wertvoll betrachtet werden könnte, lassen wir in den Kabinen. Olaf meint „Mama und Papa bleiben heute zu Hause". Damit meint er meinen Siegelring, den ich aus den Eheringen meiner Eltern habe machen lassen.

Unten an der Gangway werden wir sofort wieder angehalten. Ein Offizier will sich bei seinem Vorgesetzten erkundigen, ob unsere Papiere tatsächlich o.k. sind. Schnell bildet sich um uns herum ein Pulk. Die Männer begrüssen Olaf per Handschlag – ich werde übersehen. Trotzdem rufe ich ein munteres „Salamaleikum" in die Runde. Nee aber auch, ich bin doch auch wer ! Danach laufen wir los und werden von einem Streifenwagen bis zum Gate mitgenommen. Bis wir in Nasser's Auto sitzen, hat er schon mehrfach Backschisch gezahlt.

Das Hafengebiet ist penibel sauber, Katzen oder streunende Hunde sind nicht zu sehen. Aber dann ! Es ist unbeschreiblich dreckig. Überall verkommene Häuser oder abgebrochene Neubauten, die aber trotzdem bewohnt sind. Der Müll wird einfach aus den Fenstern gekippt. Es dauert eine Weile bis ich herausfinde, ob in Ägypten Links- oder Rechtsverkehr herrscht. Jeder bahnt sich hupend seinen Weg. Ampeln oder Zebrastreifen werden ignoriert.

Als erstes fahren wir zu den Katakomben. Man hat sie neunzehnhundert langsam zufällig entdeckt, als ein Esel eingebrochen und 40 m tief gefallen ist. Wieder fließt Geld, damit ein Polizist uns im Halteverbot parken lässt. Dann geht's 90 Stufen abwärts in die Katakomben. Über wacklige Bretter und durch Pfützen stolpern wir an Grabfächern und ein paar Sarkophagen vorbei und halten uns an feuchten Wänden fest, an denen freischwingende Elektrokabel hängen. Die Gebeine besagten Esels sind auch zu bestaunen. Wenn ich bedenke, welcher Aufwand in unseren Museen mit ägyptischen Artefakten betrieben wird...

Weiter geht's auf nunmehr breit angelegten Boulevards mit weissen Prachtbauten zum Forum Romanum – Amphitheater. Da vorm Eingang alles mit Bussen vollgeparkt ist, gehen wir ohne

Führer hinein, während Nasser die grossräumige Anlage zweimal umfährt. Im Moment fehlt mir eine gewisse Konzentration für die römische Hinterlassenschaft. Mir ist vom Abgasgestank und der Smog-Glocke ganz schwummerig.

Danach führt uns der Weg zur neuen Bibliothek. Gott sei Dank liegt dieses meisterliche Werk moderner architektonischer Baukunst am Meer und es weht eine angenehme Brise. In diesem Viertel befinden sich auch sämtliche Fakultäten der Universiät – moderne Gebäude auf parkähnlichem Campus.

Eine Papyrusmanufaktur mit angeschlossenem Schmuck-Supermarkt ist unsere nächste Station. Hinter den Vitrinen wuselt es nur so von verkaufsbeflissenen Geistern, die einem „special prices" anbieten. Mit einem reizenden Germanistikstudenten aus Kairo verplaudere ich mich über deutsche Grammatik und die Hanse. Er verdient sichhier in den Semesterferien ein paar Piaster.

Es ist Zeit für's Mittagessen. Nasser wird eingeladen und wir lassen ihm bei der Bestellung freie Hand. Vorher macht Olaf auf der Herrentoilette Bekanntschaft mit ägyptischer Hygiene. Waschlotion wird auf seine Hände geträufelt. Dann folgen ein paar Spritzer aus einer anderen Flasche in die Hand, die, vermengt mit Wasser, zum Mundspülen gedacht sind und als Krönung werden ihm die Hände parfümert.

Es gibt ...zig Vorspeisen, passierte Linsensuppe mit Limettensaft, gefüllte warme Weinblätter und Okras, Pommes, Fladenbrot, Salat und als Hauptgang Beefsteaks sowie Kebab vom Holzkohlengrill.

Natürlich kommt man ins Plaudern. Nasser kann nicht glauben, dass der deutsche Aussenminister mit einem Mann verheiratet ist und dass Elton John mit Partner ihr Baby nicht adoptierten. Wie erklärt man einem Moslem Samenspende und Leihmutterschaft ? Seine Töchter studieren zwar, deren zukünftige Ehemänner werden aber immer noch vom Vater bestimmt.

Nach diesem opulenten Mahl, dessen reichlichen Reste Nasser im Doggy Bag mit nach Hause nimmt, fahren wir zum Palast des dicken, ehemaligen König Farouk. Alexandria hat 8 Millionen Einwohner. Das bedeutet während der 25 km langen Fahrt auf der

4-spurigen Avenue entlang der Küste verlassen wir nie das eigentliche Stadtgebiet. Der wunderschöne Palast liegt inmitten des Parks auf einer Anhöhe, mit Blick über's Meer und hat einen Privat-Hafen. Die Anlage wird heute vom Ministerpräsidenten Moubarak genutzt, wenn er in Alexandria weilt.

Nasser muss zum „dabbeljú ci" . Ich verstehe nur Bahnhof – er muss zum WC.

So, zurückzu quälen wir uns zur Rushhour ans andere Ende der Stadt, zum Fort Kaid Beg. Nun brauche ich dringend einen Kaffee.

In einem typischen Strassencafé bekomme ich türkischen Mokka und Olaf sein viertes Glas chai des Tages – Tee.

Es dämmert schon, als wir Richtung Container Terminal fahren. Wir schieben uns durch winklige, verstopfte Gassen. Das ganze Viertel ist ein riesiger befahrbarer Flohmarkt. Von Möbeln, Textilien, Küchen, Textilien und Nahrungsmitteln gibt's nichts, was hier nicht zu finden wäre. Im Vorbeizuckeln sehe ich einen winzigen Laden mit Haushaltsartikeln. Nasser hält mit laufendem Motor in zweiter Reihe, während ich 6 Schnapsgläser kaufe, die evtl. als Eierbecher geeignet sein könnten – die haben wir nämlich an Bord nicht.

Am Gate die bekannten Kontrollen. Olaf muss nachweisen, seine registrierte Kamera nicht versetzt zu haben. Ich bin mit Nasser schon im Office – wir müssen ihn ja noch bezahlen – Olaf lässt auf sich warten. Es stellt sich heraus, dass ein Sicherheitsfuzzi ihm den Zugang ins Deckhaus versperrt. Er will 2 Schachteln Zigaretten haben. Olaf gibt ihm seine angebrochene Packung. Na, der 1. Offizier komplimentiert den Mann schnell von Bord. Er darf nämlich nur unten, also v o r dem Schiff „bewachen". Nasser's Preis für den ganzen Tag, einschl. sämtlicher „Trinkgelder", Eintrittskarten und Mittagessen beträgt pro Nase 125,- Euro. Ich denke, alle drei sind wir damit gut bedient.

Mit Alexandria hatten wir Glück. Eine Woche vorher wurden die Kopten drangsaliert und zwei Wochen später geht die Revolution los.

Ein fast neues Gesicht erwartet uns zum Frühstück. Dem Kapitän haben sie einen neuen Haarschnitt verpasst. Also, vorher sah er mit längeren Haaren vorteilhafter aus. Verblüfft hat mich, als er freundlich lächelnd erzählt, es ging gestern weniger um seine Haarlänge sondern hauptsächlich um das fällige Färben. Auch asiatische Männer sind eitel.

Genervt erzählt er von den Vitamin B – Forderungen. Der Lotse hat tatsächlich 5 Stangen Zigaretten verlangt. Zwei Stangen würde er ihm freiwilllig gegeben haben. Nein, man musste nächtens in Hamburg anrufen, um das von höherer Stelle klären zu lassen. Alles in allem ist die Reederei 43 Stangen in Alexandria losgeworden.

Ausserhalb der 12 Meilen Zone stoppen wir noch, eine Dichtung am Kessel muss ausgewechselt werden.

Klingelingeling, zehn vor 7 Uhr. „Kommen Sie bitte ins Office, die Einwanderungsbehörde ist an Bord". Danach über Lautsprecher „all crew members are asked to come to the conference room". Wir sind in Haifa. Katzenwäsche, irgend eine Hose an und los. „Sorry, ich musste mir noch die Zähne putzen", schon habe ich die Lacher auf meiner Seite.

Eine junge Frau und Mann in Zivil scannen die Fingerabdrücke, kopieren den Pass und machen ein Foto. Alles sehr freundlich und ohne Backschisch. Zurück in der Kabine – ich muss mich noch kämmen – klingelingeling „haben Sie ein Passbild, brauchen wir für den Landgangpass". Ja, ich komme. Dann Frühstück. Käptn kommt angerannt. „Wir legen gegen 13 Uhr wieder ab, aber Sie können mit uns zum Dutyfree Shop fahren, wegen Ihrer Zigaretten".

Wieder zurück in der Kabine, klingelingeling, das Auto vom Shop ist jetzt da. Dort gibt's tatsächlich meine Marke, Bezahlung in Dollar gegen Vorlage des Schiffspasses. Es geht mir eigentlich nicht um eine bestimmte Marke, nur um den niedrigsten Teer- und Nikotingehalt.

Ein junger Mann spricht uns an, er könne uns zum Sightseeing in die Stadt fahren und rechtzeitig zurück bringen. Käptn sagt o.k.

Ein wunderschöner, sonniger Tag wenn auch nur 14 Grad warm und windig. Ein Ausflug war ja nicht geplant, so dass ich keine Jacke mitgenommen habe. Wir fahren kreuz und quer durch die Stadt. Alles ist ordentlich und sauber. Keine Gebäuderuinen, geregelter Verkehr, grüne Palmen und blühende Bougainvillen. Mitten drin ein Gebäude, das wie ein Riesenei von Fabergé aussieht. Das ist der Sitz der Stadtverwaltung.

Der Bahei Schrein, am höchsten Punkt mit Sicht bis zur libanesischen Grenze, wird besichtigt – bitte Schuhe ausziehehen. Bahei nimmt für sich in Anspruch, seit 1840 eine neue Weltreligion zu sein. In moslemischen Ländern werden deren Anhänger verfolgt. In Haifa haben sie ihr Weltzentrum. Es muss ein unvorstellbares Vermögen gekostet haben, den kompletten Berg zu kaufen, zu bebauen und den Garten am Hang anzulegen. Sie sollen sich ausschliesslich von Mitgliederspenden tragen und das sind weltweit nur 9 Millionen.

In einem Presseladen findet Olaf die neueste Ausgabe des „Spiegel" und ist selig. Ich bin ganz überrascht, wie deutsch-freundlich die Leute einem begegnen. Während wir in einem Strassencafé sitzen, flitzt der Kapitän mit unserem Chief vorbei. Sie sind auf dem Weg zu einem russischen Laden, wo es Kaviar geben soll. Israel ist wahnsinnig teuer. Der Spiegel kostèt 20,- Dollar und für meinen Kaffee und Olaf's Pfefferminztee kassiert man 11,- Dollar. Unser Fahrer Amir bekommt für die 2 Stunden Sightseeing 130,- Euro. Nein Amir hat nie im Kibbuz gearbeitet. „Man wird da nicht bezahlt".

Als wir wieder an Bord sind und Mittag essen, werden unser Tüten vom Dutyfree Shop geliefert. Gerade zurück in der Kabine, wieder mal klingelingeling – erneute Gesichtskontrolle im Office, d.h. Ausreiseformalitäten. So, nun habe ich erstmal die Faxen dicke und muss Siesta halten.

Israel hat z.Z. 7 Millionen Einwohner. Wenn man bedenkt, welche Rolle dieses kleine Land in der Weltpolitik spielt, ist das schon erstaunlich.

Heute steuern wir das türkische Mersin an, müssen aber bis morgen Vormittag auf Reede liegen, da für uns noch kein Platz am Pier frei ist. Olaf zeigt einen Anflug von Ungeduld. Da liegt die sonnige Küste Anatolien zum Greifen nah und man kann nicht hin. Statt dessen machen wir einen Spaziergang bis vorne zum Bug. Auf dem Weg treffen wir den Kapitän im Blaumann beim Angeln. Na, Fisch zum Mittag wird's wohl nicht geben. Die Tiefe hier beträgt 28 m und seine Nylonstrippe reicht nicht. Schön wär's auch, wenn wir den Bootsmann fänden. In seiner Werkstatt ist er nicht. Im Nachtwinde ist nämlich eine Segeltuchrücklehen unserer Regiestühle weggeflogen. Vielleicht kann er eine neue nähen oder hat Ersatz.

Ich habe noch gar nichts über unsere Cap Vilano geschrieben. Mit 37.000 to ist sie für heutige Verhältnisse klein. Sie kann 1.700 Stück 40 Fuss Container befördern. Das momentan grösste Containerschiff weltweit pflügt mit 110.000 to durch die Meere. Die Cap Vilano wurde 2006 bei der MTW in Wismar gebaut und ist als Fernande von Stapel gelaufen. Cap Vilano ist ihr Chartername.

Die Werft in Wismar hat für mich eine besondere Bedeutung. Zu meiner aktiven Berufstätigkeit im sogenannten Ost-West-Handel haben wir dort 6 Kombi-Frachter bauen lassen., wodurch wir für viele Jahre die lästige Verpflichtung der Kompensation unserer Lieferungen in die DDR mit einem Schlag los wurden. Zwei dieser Schiffe wurden sofort an Argentinen verkauft und vier von Laeisz Hamburg in Charter übernommen. Dadurch, dass sechs Schiffe ja nicht mit einem Schlag von Stapel laufen, konnte eines nach dem anderen dank langfristiger Zahlungsziele und eben Verkauf/Charter finanziert werden. Die Cap Vilano also kommt aus Wismar aus der Zeit, als die Matthias Thesen Werft nicht mehr VEB war sondern unter schwedischer Leitung stand. Danach hat ein russischer Investor die Werft übernommen und heute wird nur noch ein Auftrag rest-abgewickelt, dann ist Schicht im Schacht und die Arbeiter stehen auf der Strasse.

Was für ein Leben ! Ich sitze an Deck in der Sonne. Olaf hat volle Pulle Mozart's Klavierkonzert KV 467 aufgelegt. Möwen fliegen, Fischerbötchen ziehen vorbei, Decks werden geschrubbt. Sehr schön ist auch, dass uns kein Animateur seine Aktivitäten aufdrängt. Um halb zwei können wir an Land. Hier in Mersin ist das ganz einfach. Seinen Landgangpass füllt jeder selbst aus, Kontrollen finden nur oberflächlich statt. Hinter dem vierspurigen Küstenboulevard fängt der Bazar an, der immer wieder von breiten Geschäftsstrassen gequert wird. Leider ist heute am Sonntag nicht überall geöffnet. Aber in den Bereichen der Fisch-, Fleisch, Gewürz-, Schuh- und Klamottenstände bekommt man doch einen guten Eindruck. Überall gibt's unzählige Kebab- und Bifteki-Buden und überall wird tatsächlich auch gegessen. Wir setzen uns vor einem vermeintlichen Kiosk auf wacklige Stühle. Olaf's chai (Tee) gibt's hier nicht. Der Inhaber rennt aber sofort los und von nebenan balanciert ein Junge 2 Gläser starken Tee an unseren Tisch. Der Kebab-Mann setzt sich zu uns. Er erzählt mit glänzenen Augen von seinen Jahren in Lübeck; bei der Reederei Oldendorf habe er gearbeitet. Später wollen wir bezahlen, was er strikt ablehnt. Per Handschlag verabschieden wir uns und ziehen weiter in Richtung des Vergnügungsparks am Meer. Viele Familien sind zum Sonntagsspaziergang auf der Promenade unterwegs. Und alle essen. Es gibt natürlich Teeverkäufer und Männer auf umfunktionierten Fahrrädern verkaufen Zuckerwatte und Sesambrötchen, Liebesäpfel, heisse Maronen und Kürbiskerne. Und was machen wir ? Wir sitzen auf einer Bank und essen getrocknete Feigen. Die Leute sind alle europäischen gekleidet.

Ganz selten sieht man ein Mädchen mit Kopftuch.

Seit heute früh sind wir unterwegs nach Ashod, Israels größtemHafen. Zum ersten Mal nieselt es, auf dem Meer tanzen kleine Schaumkrönchen. Inzwischen hat der Bossum den Regiestuhl repariert, so dass man sich wieder anlehnen kann.

Eigentlich sollten wir erst morgens ankommen, aber daraus wird nichts. Um Mitternacht werde ich aus tiefstem Schlaf geweckt – klingelingeling – Gesichtskontrolle, Einwanderungsbehörde ist da; wir haben nun doch schon in Ashod festgemacht. Die Beamten gehen davon aus, Olaf und ich seien verheiratet. Daher wird er als Ehemann und Haushaltungsvorstand ausgequetscht. Ob er hier Kontakte hätte, was er hier machen will – doch nicht etwa nach

Palästina fahren ? - früherer Beruf, wer bezahlt die Reise, hat ihm in Europa jemand ein Gepäckstück zum Befördern mitgegeben und so fort. Erst als feststeht, dass ich nicht seine Frau bin, werde ich für wichtig genug befunden, mit den gleichen Fragen bombardiert zu werden. Zum Schluss erkundigt man sich beim Kapitän, ob wir uns ordentlich verhalten.

Nach überstandener Inquisition nimmt der Kapitän uns und die Crewmitglieder, die mit auf Tour wollen, zur Seite. Um 7 Uhr will er durchklingeln, wann der Reiseführer kommt. Lange Rede kurzer Sinn, um halb neun klettern wir in den Minibus: Kapitän, Chief, Cookie, 3. Ing, Philipp (der Traurige), Olaf und ich. Am Gate heisst es: alle aussteigen. Taschenkontrolle, nochmals Fingerabdrücke scannen und dann geht's ab nach Betlehem.

An einem Kibbuz vorbei und entlang weiter Orangenhaine, Weinreben und plastiküberdachten Gewächshausanlagen. Ich habe den Eindruck, jeder Quadratmeter steinigen Landes wird urbar gemacht. In der Nähe riesiger Satelitenanlagen – die sind gen Palästina ausgerichtet – wechseln wir den Bus. Betlehem liegt auf palästiner Boden und ein Israeli darf da nicht hinein. Dort angekommen, komplimentiert man uns zunächst in einen grossen Devotionalien-, Schmuck- und Kitschladen. Man weist darauf hin, die hier gekauften Dinge können später in der Geburtskirche geweiht werden. Na, ich setze mich lieber vor die Tür und beobachte eine armenische Prozession.

Auf dem Vorplatz der Geburtskirche hat ein katholischer Mönchsorden ein grandioses Luxushotel für betuchte Pilger gebaut. Die Geburtskirche selbst erweckt in mir überhaupt keine ehrfürchtigen Gefühle. Mönche in schmuddeligen Kutten dirigieren die Menschenmassen durch ein dämmriges, sehr hohes Kirchenschiff. Touristen jeglicher Couleur drängeln zum kleinen Kellergewölbe, wo sich vor mehr als 2010 Jahren der berühmte Stall befand.

Ich bin froh, wieder an der Luft zu sein. Es ist inzwischen 12 h. Olaf und ich kaufen uns ein frisch zubereitetes Schischkebab und marschieren zum Treffpunkt. Das Kebab war voreilig, denn Cookie hat vorgesorgt und für jeden ein Sandwich und Wasser mitgebracht.

Irgendwo ist Endstation für unseren Palästinerbus. Die Mauer in Berlin war vergleichsweise niedrig. Demonstrativ hat man auf Israel's Seite Wohnblöcke auf die Mauerkrone gesetzt. Durch Kontrollhallen mit Bodycheck usw. werden wir auf die andere Seite geschleust, wo uns unser israelischer Fahrer erwartet und kurz danach sind wir in Jerusalem. Er fährt mit uns auf ein Plateau, von wo man einen fantastischen Rundblick auf die Stadt hat mit goldener Kuppel des Felsendoms und auf alle heiligen Stätten.

Die Altstadt darf nicht befahren werden. Inmitten der vielen Touristen ist unsere Gruppe auch recht exotisch: drei Philippinos, zwei Ukrainer und zwei Deutsche. Wir besichtigen das Grab von

König David und Kapernaum – den Ort des letzten Abendmals.

Weiter geht's zum übervölkerten Vorplatz der Klagemauer. Auf der Frauen vorbehaltenen rechten Seite kämpfe ich mich durch Betende nach vorne durch und stecke mein ganz persönliches Wunschzettelchen in eine Mauerritze.

Mal wieder treppauf kommen wir in die eigentliche Altstadt. Auf der Via Dolorosa (Kreuzweg) führt uns unser Guide in eine schmale Gaststätte. Wir haben keine Chance, irgendwelche Wünsche zu äußern. Jedem ist bewußt, unser Führer kassiert hier mit und wir nehmen es gelassen – Urlaubsstimmung eben.

Mengen an Vorspeisetellern und Fladenbrot gefolgt von Kebab vom Huhn und Rind – Schwein ist natürlich tabu – und Pommes von frischen Kartoffeln werden aufgetischt. Der Spass kostet 150,- Euro, was Olaf und ich uns teilen und die anderen einladen. Die Crew schaut ganz betroffen. Ich beruhige sie, wir seien wirklich dankbar, mitgenommen worden zu sein und wir sind froh, alle zusammen einen Supertag zu haben.

Gestärkt geht's durch den dunklen Bazar zur Grabeskirche. Dieses Bauwerk teilen sich alle christlichen Konfessionen. Nicht weit vom Eingang knien viele Betende vor der Holzabdeckung der Gruft. Ich kann mir so gar nicht vorstellen, wie Jesus an diesem Ort einen

Felsen weggerollt hat und gen Himmel gefahren ist. In einem anderen Teil der Kirche wird gerade ein orthodoxer Gottesdienst abgehalten. Durch das Gewusel der Menschen und den Lärm kommen auch hier bei mir keine demütigen Gedanken auf. Mir ist aber voll bewusst, auf welchem historischem Boden ich hier wandele.

Auf dem Rückweg ergattere ich endlich noch einen goldbestickten Kaftan. Ausserdem kaufe ich Süssigkeiten für den kleinen dritten Offizier Sanchez. Er tut mir immer leid, wenn er mittags mit drei Kollegen am Tisch sitzt, die sich laustark auf Russisch unterhalten, er also keine Möglichkeit hat, sich am Gespräch zu beteiligen.

Gegen 21 Uhr plumpse ich kreuzlahm in meine Koje. Bald legen wir ab zum zweiten Anlaufen in Alexandria. Shalom !

Alarm ! Jeder findet sich mit Schwimmweste und zum Teil mit Überlebensanzug und Helm vor dem Rettungsboot auf Deck 2 ein, die Crew in orangeroten und die Offiziere in hellblauen Overalls. Nur Käptn ist auf der Brücke und dirigiert von dort über Walki Talki die Übung. Jeder muss dem 1. Offizier zu seiner individuellen Aufgabe im Notfall Rede und Antwort stehen. Dass einige keine Wasserflasche und Beutel mit Notration mitgebracht haben wird festgetellt und nach oben gemeldet. Es folgt der Befehl „alle in das Rettungsboot". Die Passagiere haben die Wahl, daran teilzunehmen oder auf die Brücke zu kommen. Die Crew rutscht auf ihre vorgeschriebenen Sitze, die Tür wird von innen verriegelt und der Motor gestartet. Nach Freigabe von oben klettern sie wieder aus dem unsinkbaren Boot und sofort folgt Feueralarm im Maschinenraum. Das ist etliche Decks weiter unten.

Auf der Brücke bimmelt und blinkt alles gleichzeitig: Feuersirene, Situationsbericht über Walki Talki, Notfalltelefon, Bordtelefon. Wie viele Verletzte sind zu vermelden, welche Maschinen sind ausgefallen. Käptn führt Protokoll und gleichzeitig flitzt er zwischen Kartenraum und Kommandozentrale hin und her. Während der ganzen Aktion läuft der Lautsprecher des Funkgerätes „Alexandria Port, Alexandria Port, good morning"; Schiffe werden eingewiesen. Der Maschinenraum meldet „Feuer gelöscht" und Käptn erklärt diese zweite Übung als beendet. Alle werden auf die Brücke beordert und sollen Stühle mitbringen. Der 3.Ingenieur – er ist der größte und dickste Mann an Bord – demonstriert freiwillig, wie man sich in den wasserdichten Neoprenanzug mit Füsslingen und Kapuze zwängt. Dann werden die Sicherhheitsbestimmungen abgefragt. Käptn steht in der Mitte und schiesst seine Fragen ab: „Philipp, du bist für die Gangway verantwortlich. Was bedeutet Level 1, 2 und 3"? „Noell, wie lauten die Bestimmungen beim Empfang des Lotsen an der Jacobsleiter"? „Mario, Wissen ist gefragt, nicht Raten", „Sanchez, träum weiter". „Darf man sich beim Manöver in der Heimatsprache unterhalten"? „Falsch, Jungs, Bordsprache ist Englisch, das dient der eigenen Sicherheit und der des Schiffs". „Zwei disziplinarischen Eintragungen wurden auf dieser Reise notwendig; bei entsprechendem Verhalten könnten sie auf der nächsten Tour gelöscht werden. Die Aufrechterhaltung des Standards ist erstes Gebot".

Ich erlebe einen Drill, der auf Exerzierplätzen seines gleichen sucht. Der Mann ist ein Phänomen. Übergangslos wird das Aufstellen der Stühle im Halbkreis angeordnet und jedem sein Platz zugeteilt. Käptn legt den Hebel um: „So Leute, nun für's Foto mal lustig grinsen, damit ihr in 10 oder 20 Jahren euern Enkeln etwas ordentliches vorzeigen könnt". Zum Schluss werden alle zum Barbeque eingeladen, das in zwei Tagen stattfindet. Zuerst muss aber noch Alexandria abgewickelt werden.

Ein weisses Arbeitsschiff der Telekom France kreuzt hin und her. Ob die hier Kabel verlegen ? Man weiss so wenig über internationale Verflechtungen. Es ist jetzt 21 Uhr, d.h. seit 34 Stunden liegen wir auf Reede. Waren die 43 Stangen Zigaretten in der vergangenen Woche nicht genug ?

Um 7.30 Uhr springt die Maschine an. Von meinem Kabinenfenster aus sehe ich tatsächlich unsere Heckwelle. Zwei Stunden später machen wir am selben Pier fest wie vor einer Woche. Es dauert eine Stunde, bis sich jemand von den Behörden blicken lässt. Allen voran sichten wir Nasser. Es dauerst gar nicht lange – klingelingeling – der 3. Offizier erkundigt sich, ob wir an Land wollen, Nasser sei im Office. Bis feststeht, wie lange wir überhaupt hier bleiben, können wir das nicht entscheiden.

Statt dessen macht er 2. Ing. mit uns eine Führung durch den Maschinenraum. Ich hatte nämlich gefragt, ob das im Hafen möglich sei, d.h. solange die Maschine ausgeschaltet und es nicht so laut ist.

Die vielen Aggregate sind auf 5 Decks verteilt. Abwärts geht das ja, aber aufwärts bleibt mir die Puste weg. Im Prinzip funktioniert das Schiff wie eine kleine Stadt. An Bord gibt es eine Müllverbrennung und eine Kläranlage für Abwasser. Natürlich eine Umwandlungsanlage, die aus Seewasser Süsswasser in Trinkqualität aufbereitet und Brauchwasser für die Kühlsysteme erzeugt. Eine riesige Klimaanlage, die im Winter mittels Dampferzeugung auf Heizung umgestellt wird. Ein E-Werk und Notstromaggregate, Pumpen, Filteranlagen, Abscheider, Treibstofftanks, eine Werkstatt, Labor und diverse Ersatzteillager sowie der EDV-Raum voller Monitore und Schalttafeln. Das Herzstück aber ist die 27.000 PS starke 8 Zylinder MAN Maschine und die Kurbelwelle für den Antrieb der Schiffsschraube. Alles ist fast klinisch sauber. Am Ende sind unsere Baumwollhandschuhe fast noch genau so weiss wie zu Anfang. Es ist hell da unten. Alle Decks und Maschinen sind weiss oder hellgrün gestrichen.

Auf dem Weg zurück müssen wir am Office vorbei, wo Nasser auf der Lauer liegt. Olaf ward nicht mehr gesehen und der Charme Nasser's kommt voll über mich. Es macht keinen Sinn, den Behördenapparat jetzt noch anzukurbeln, um 17 Uhr wird es sowieso schon dunkel. Ich vertröste Nasser auf eine nächste Reise und versichere ihm, seine Karte an Freunde weiterzugeben.

Es verspricht, wieder ein wunderschöner Tag zu werden. Wir haben jetzt 8 Tage Seereise bis Felixstowe vor uns. Eifrig wird das bevorstehende Ereignis vorbereitet. Ganz unten auf dem Achterdeck wird ein Holzkohlengrill gewuchtet und einige Decksleute dazu verdonnert, abwechseln den Spiess mit Miss Piggy schön langsam zu drehen. Auf dem Rost eines weiteren Grills wendet unser Messboy Hühnerbeine. Die Jungs haben ein Talent zum Fröhlichsein. In ihren Bermudas und bunten T-Shirts hüpfen sie lustig herum und freuen sich, dass Olaf die Vorbereitungen fotografiert. Im Kühlschrank in der Teeküche entdecke ich ein Tablett mit schön gerollten Shushis und Kaviar Kanapees. Alle Türen der unteren Decks sind geöffnet. Cookie flitzt zwischen seinen Töpfen und den Grills hin und her. Lautstarke Musik dröhnt durch alle Gänge. Der 3. Offizier übt schon mal seinen Karaoke-Auftritt.

Diese Party ist gleichzeitig als Abschied für drei Crew Mitglieder gedacht, die in Felixstowe ausgewechselt werden. Arnel, unserem Messboy, werden Vorschüsse aller an Bord verbleibenden Philippinos anvertraut, wenn auch er uns verlässt. In Manila wird er dann von vielen Ehefrauen erwartet. Schlechte Erfahrungen zwingen den Kapitän zu derartigen Massnahmen. Banküberweisungen der Reederei (das Schiff fährt unter Antigua Flagge) sollen des öftren verloren gegangen sein. Ab 17 Uhr wird gegessen, gesungen und gefeiert. Die Passagiere bekommen zwei DIN A 4 Ausdrucke der Gruppenbilder; jedes Crew Mitglied hat unterschrieben.

Es ist nach wie vor sonnig, aber mit 16 Grad merklich kühler. Das Bulletin meldet, Exxon hat in NRW grosse Erdgasvorkommen entdeckt. Wenn das stimmt und man es tatsächlich fördern kann, würde das Putin und Schröder wegen Gasprom schon ärgern. Nachdem ich auf der Brücke ein Telex gelesen haben, wonach die NATO bis 01. Februar im Mittelmeer Manöver abhält, halte ich nach entsprechenden Schiffen Ausschau. Bei Auffälligkeiten soll man das Hauptquartier in Italien anrufen. Im Nachhinein habe ich den Verdacht, die hatten schon Wind von den geplanten Querelen in Nahost.

Wir fahren parallel zur tunesischen Küste und sollen übermorgen Gibraltar passieren. Ansonsten verlaufen die Tage auf See gemächlich. Wir sind dabei, uns durch das umfangreiche Angebot der Bordbücherei zu kämpfen. Olaf springt über seinen Schatten und hat sogar schon zu Charlotte Link gegriffen. Ich bin mitten in einer Afrika Expedition, geleitet von Henry Stanley; selbiger wurde bekanntlich berühmt, als er den verschollenen Dr. Livingston fand und die Quelle des Nils entdeckte. Und getratscht wird auch. Auf der Brücke wird erzählt, dass die zwei Passagieren der vorherigen Reise kein Wort miteinander gewechselt haben. Da kann man froh sein, dass auf unserer Reise alle so unkompliziert miteinander auskommen.

Ein kräftiger Rückenwind hat uns schon im Morgengrauen durch die Meerenge von Gibraltar gebracht. Es frischt auf. Olaf hat echte Chancen, seine herbeigesehnten gischtsprühenden Wogen zu fotografieren. Komme gerde von der Brücke. Ein frecher kleiner spanischer Tanker hat uns die Vorfahrt genommen. Der wachhabende Dritte war in Funkkontakt mit dem Spanier und nun haben wir wieder freie Fahrt. Ich kann mir nicht helfen, man kan förmlich s e h e n , dass wir das Mittelmeer verlassen haben.

Klapp-klapp, klapp-klapp, klapp-klapp. Auf dem Gang naht der Kapitän auf schnellen Flip-Flops. Er bringt uns eine Sammlung seiner liebsten DVD's; alles Oldies. Wir kommen ins Quatschen und irgendwann fällt der Name Oetker. Ihm ist nicht bewusst, dass es sich um ein Familienkonzern handelt, der vor ca. 100 Jahren seinen Anfang mit Puddingpulver nahm. „Ooooh, Pudding". Alle würden sooo gerne mal Pudding esssen, aber Cookie versteht die deutsch-sprachige Kochanleitung nicht. Na, ihm kann geholfen werden. Nachmittags kochen Cookie und ich Vanillepudding für 20 Personen. An allen drei Türen drängeln Pfilippinos und wollen sich kaputtlachen: „Ma'am in the kitchen, hi hi hi. Wir machen einfach die Türen zu und sperren sie aus.

Zum Frühstück liegen auf den Tischen engmaschige Gitterdecken aus Gummi. „Reine Vorsichtsmassnahme Ma'am, damit das Geschirr nicht verrutscht". Das bedeutet, Sturm ist im Anzug.

Dann ist die Biscaya überstanden. In zwei Stunden sollen wir Felixstowe erreichen. Nach 8 Tagen auf See ist es schön, wieder terra firma zu betreten. Geschniegelt und gespornt sitzen wir im Office und warten darauf, an Land zu dürfen. Als erstes erscheint die Schwarze Gang, der Zoll. Der Boss von denen geht mit dem Käptn die Papiere durch und der Rest schwärmt durchs Schiff (als wir nach Stunden wieder an Bord kommen, sind die immer noch da). Die drei Crew Mitglieder, die hier von Bord gehen, treten an und erhalten vom Kapitän ihre Marschbefehle. Der ehemals traurige Philipp hopst aus lauter Vorfreude wie ein Fohlen durchs Office.

Dann erscheinen Beamte von der Einwanderungsbehörde und bringen zwei neue Passagiere mit, ein Ehepaar aus Windsor. Wie das so auf einem Schiff ist, nichts bleibt geheim und man liebt Tratsch. Jedenfalls sind die beiden schon einmal mit Hamburg Süd gereist. Der 1. und 2. Offizier erinnern sich. Besonders der Mann scheint ein Alleskönner und Besserwisser zu sein. Als Yachtbesitzer mit instelliertem Sateliten fummelt er wohl auch mal am GPS herum. Na, da wird unser Kapitän Gelegenheit haben, mit seinem unerschütterlichen Lächeln einzugreifen. Für uns sind die beiden Neuen ein Gewinn, weil sie uns 50 Pfund leihen; später geben wir ihnen den Gegenwert in Euros zurück.

Der Shuttlebus bringt uns zur Seemannsstation, wo man uns gleich wiedererkennt. Es macht nicht viel Spass, bei Null Grad durchs Zentrum zu flanieren. Ein bisschen einkaufen, Schaufenster gucken, Cappucino trinken, dann zieht es uns zurück.

Beim Frühstück erleben wir den neuen Messboy. In seinem Bemühen, bloss alles richtig zu machen hat er vergessen, die Kaffeemaschine einzuschalten und Tassen hinzustellen. Na, das wird schon. Mister Perfekt meint „we will teach him". Auch, wie ein richtiges Rührei auszusehen habe, will der dem Koch zeigen. Dabei erklärt er mir lang und breit, dass man Eipulver verwenden muss und keine frischen Eier.... Cookie macht hinter seinem Rücken Faxen und steht stramm: ich bemühe mich, nicht zu grinsen.

Weit vor Zeebrügge kommt ein belgischer Lotse. Er wird von einem Holländer abgelöst und nach Verlassen niederländischen Gebietes kommt ein Flame. Es ist ordentlich was los auf der Brücke. Mr. Perfekt schaltet eigenmächtig die Kaffeemaschine ein und hält sich mit maritimen Ratschlägen nicht zurück.

Käptn gibt bekannt, die Schelde und Schleuse abends passiert zu haben und morgen früh mit dem Laden zu beginne. So haben wir den ganzen Montag für Erkundungen in Antwerpen zur Verfügung.

Abends sitzen wir in Olaf's Puschenkino und sehen „Rebecca". Klingelingeling. Mr. Perfekt läd uns zum Bier ein; die beiden bewohnen die Eignersuite. In Ermangelung von Blumen nehme ich eine Packung Crackers mit und Mr. Perfekt quetscht uns nach allen Regeln der Kunst aus über Landausflüge, Kosten, Gepflogenheiten, Sicherheit und notiert alles in seinem Laptop. Sein Glasauge irritiert mich nur ein bisschen... Dann wird uns sein GPS vorgeführt, das eine kleinere Version des Bord-Systems sein soll.

Na ja, mit seiner Frau Anne im Hintergrund war's dann noch ganz annehmbar. Aber hinterher haben Olaf und ich beim Schlummertrunk noch richtig über ihn hergezogen. Olaf lehnt es jetzt schon strikt ab, morgen mit den beiden gemeinsam an Land zu gehen. Na, schaun wa mal.

Beim Frühstück treffen wir den völlig aufgebrachten 3. Offizier Sanchez. Er lässt Dampf ab über das Benehmen von Mr. Perfekt. Der hat doch tatsächlich seinen eigenen Kompass mit auf die Brücke gebracht, was u.U. zu Störungen der Bord Elektronik führen kann. Aus lauter Sympathie schenkt Olaf ihm spontan seinen karierten Wollschal.

Wir schaffen es, allein bis zum Gate zu gelangen und wegen eines Schwertransporters gerät unser Taxi in einen langen Stau. Aber alles hat mal ein Ende und irgendwann sind wir am Hauptbahnhof. Dieses wunderbar restaurierte Bauwerk mit der hohen Kuppel und den Mosaikglas-Fenstern wirkt innen auf mich immer wieder überwältigend. Wir marschieren los in Richtung Altstadt. Marschieren ist das falsche Wort. Olaf schlendert. Das macht mich ganz kribbelig, denn bei minus 2 Grad steht mir nicht der Sinn zum Schlendern; natürlich habe ich nicht vergessen, dass Betablocker-Patienten in ihrer Motorik reduziert sind. Also verabreden wir, uns um 12.30 Uhr vor der Kathedrale zu treffen und gehen getrennter Wege. Sehenswürdigkeiten wie Diamantenviertel mit den jüdischen Händlern, Rubens-Haus und Museen habe ich früher schon besichtigt, so dass ich voll in den vielen Confiserien und Auslagen in den kleinen   Geschäften schwelgen kann. Überall ist Schlussverkauf. Besonders Lederwaren sind günstig. Ich spendiere mir zwei italienische Handtaschen und muss dann zum Aufwärmen in ein Café. Tja, was soll ich sagen. In der Altstdt gibt's unzählige Kneipen und Cafés und da, wo ich eintrete, sitzen Anne und Euton...

Zur vereinbarten Zeit treffen wir Olaf und wollen in der Kathedrale ein Rubens Gemälde besichtigen. Allerdings verlangt man in diesem Gotteshaus Eintritt, was ich ablehne und an der Kasse frage, ob dies hier denn ein Museum sei; selbst im Petersdom mit seinen berühmten Fresken und Gemälden ist der Eintritt frei. Nee, für mich ist das eine Frage des Prinzips und ich lasse mich auch nicht von den anderen einladen.

Später finden wir an der Schelde ein nettes Restaurant und essen Muscheln. Natürlich schwingt Mr. Perfekt Reden ohne Luft zu holen. Olaf rennt daher auch zweimal raus in die Eiseskälte, angeblich um zu rauchen.

Gemeinsam fahren wir zurück zum Schiff. Um 19 Uhr soll der Hafenlotse kommen, so dass Euron dann auf der Brücke beschäftigt ist. Nein ! Gerade fragt er, ob wir später nicht Karten spielen wollen. Ich spiele ganz gerne Canasta; in dieser Konstellation bringe ich das heute aber nicht und wie aus der Pistole geschossen meint Olaf, er müsse sich dringend über das Weltgeschehen im Spiegel informieren, damit er nächste Woche bei seinem Stammtisch mitreden kann.

Gott, wenn wir diese Nervensäge 35 Tage lang zu ertragen gehabt hätten, wäre die Reise weniger erholsam verlaufen.

Plötzlich ist der Abschied da. Es fällt schwer, sich von Kapitän und Mannschaft zu trennen. Olaf verspricht, den Käpten bei seinem nächsten Aufenthalt in Hamburg zu besuchen und Bilder aus Israel vorbei zu bringen.

Mein Auto aus Neustadt kommt mit Verspätung, offenbar ist der Zentralrechner des Ampel- und Leitsystems ausgefallen. Alles ist vollkommen verstopft. Köhlbrandbrücke, alter und neuer Elbtunnel und sämtliche Zufahrten sind dicht. Aber, wie schon gesagt, hat alles mal ein Ende als wir nach 2 Stunden auf

Schleichwegen, u.z. ohne Navi, das auf diese Situation nicht reagiert, schliesslich Olaf am Bahnhof Altona absetzen und ich wieder zu Hause in Marxdorf ankomme.

Der Alltag hat mich wieder !

Schiff: MS Hyuandai Tianjin, Frachtschiff

Zeit: 2012/2013

Reederei: NSB Buxtehude

Route: Bremerhaven – Felixstowe/GB - New York + Miami +

            Charleston/USA - Panama - Charleston + New
     York -

            Rotterdam/NL – Bremerhaven

Es ist ein wunderbares, vertrautes Gefühl, wieder auf einem Schiff zu sein. Die Autofahrt war reibungslos und die Dame im Verwaltungsgebäude des Containerhafens sehr nett. Ich darf direkt vor dem Gebäude parken „Ihr Auto ist für uns dann immer in Sichtweite ".

Ein Shuttlebus bringt mich zum Schiff, wo mich eine Überraschung erwartet: Die Schiffsleitung ist tatsächlich deutsch, was selten geworden ist, nachdem die meisten deutschen Reedereien ausgeflaggt haben.

Mittags lerne ich den gemütlich aussehenden Kapitän kennen, der nach seinem Urlaub hier in Bremerhaven den Dienst wieder antritt. Dass er aus Berlin kommt, ist nicht zu überhören: „... wie et sich jehört, jibt et sonnams Eintopp mit Bockwurscht". Ein Urviech von Mann rollt etwas später in die Messe, es ist der Chief (1. Ingenieur). Er wohnt in Schneverdingen und nach 40 Jahren Seefahrt wird dies seine letzte Reise werden.

Weitere Passagiere trudeln ein , u.z. ein älteres Ehepaar aus Stade; er ist ehemaliger Tankerkapitän und sie ein winziges Persönchen, eine Latina aus Mittelamerika. Ein Paar aus Zürich mit Flugangst wird bis New York mitreisen, wo sie Freunde besuchen wollen. Mit einem alleinreisenden Herrn, der in Felixstowe zusteigt, werden wir dann komplett sein.

Wir haben Glück und können noch bei Tageslicht auslaufen. Weser abwärts fahren wir an ausgedehnten Pkw-Stellplätzen und zwei

Ungetümen von Autotransport-Schiffen vorbei. Der Export von deutschen Neu-Wagen erfolgt hier von Bremerhaven aus. Bald nähern wir uns dem Englischen Kanal. Die Sicht ist so dick wie mittags die Suppe. Das beruhigende Tut Tut Tuuut des Nebenhorns wiegt mich in den Schlaf.

Seit halb zehn haben wir in Felixstowe festgemacht. Im Hafen herrscht sonntäglicher Dornröschenschlaf und die Brücke ist verwaist. Unsere Schweizer wollen an Land, um echten Whisky zu kaufen – an Bord gibt es nur Bier und Wein. Da ich Felixstowe von früheren Reisen kenne und das Wetter nicht gerade einladend ist, machte ich es mir „zu Hause" gemütlich. Seit dem Mittagessen ist auch der letzte Passagier eingetroffen: David. Nomen est Omen. Im Vergleich zu Goliath ist er ein winziges Männchen, kommt aus Liverpool, spricht einen unverständlichen Slang und ist früher als Ingenieur zur See gefahren. „No Puup in Felixstowe" bedeutet, es gibt keine Kneipe.

Bei Tisch herrscht ein babylonisches Sprachgewirr. Hartes Schwyzerdütsch, Cockney, schrille Sprache mit starkem spanischen Akzent von Marta; ihr Mann versucht sich in Pidgin mit Platt gemischt, ulkiges Englisch vom Koch und Messboy. Dazu die Urberliner Kommentare vom Käptn. Er macht sich Sorgen. Schwere See und 8 Windstärken sind vorhergesagt. Für solche Fälle gibt's via Satellit Ausweichvorschläge von der normalen Route. Für diesen Seeweg, zunächst entlang Schottland, hat er leider keine Seekarten und trotz Navi und Radar darf er ohne Karten nicht fahren. Also werden wir uns für morgen auf schwere See einstellen.

Nachmittags treffe ich überraschend auf einen alten Bekannten von der Seemannsmission, der für die philippinischen Crew-Mitlglieder kleine Weihnachtsgeschenke vorbeibringt. Danach sind meine Schweizer Kabinennachbarn sehr angetan von meinem Vorschlag, bei mir ein klassisches Konzert von CD anzuhören, um uns auf den Abend einzustimmen.

Es wird ein netter Heiligabend. Cookie hat sich viel Mühe gegeben, ist aber unzufrieden. Er mokiert sich über den Geschmack vom Käptn und so steht ein Kessel mit Bockwurst und eine Schüssel

Kartoffelsalat neben dem toll dekorierten, gefüllten Spanferkel, Paella, Baguettebrot mit Lachs, Salat und Karamellpudding.

Als ich, bewaffnet mit 2 Flaschen Rotwein für die Allgemeinheit, im Aufzug runterfahre, steigt der Kapitän zu. „Ach, det hab ick janz vajessen; den Wein soll ick doch spendieren". Er hat sich in eine schwarze Galauniform gequetscht: Ein Zweireiher mit vielen Tressen und Joldknöppen. Die Pracht wird nur etwas durch seine blauen Turnschuhe gebremst. Der Chief stolziert in khakifarbener Tropenuniform herein. Jeden Moment droht sein Kugelbauch die Knöpfe zu sprengen. Kurz flammt die altbekannte Rivalität zwischen Brücke und Maschine auf, als er am Kopf der Tafel Platz nimmt und auch nicht weicht, als Käptn als Ranghöchster den Stuhl für sich beansprucht. Die Wogen glätten sich, als ich meinen Rotwein anbiete, wenn auch Antje (Zürich) mit der spendierten Kiste Becks mehr Erfolg hat.

Später läuft unser pensionierter Tankerkapitän mit Döntjes zur Hochform auf: Kollision auf der Themse, Rettung aus dem Packeis und andere haarsträubende Begebenheiten. Unser Berliner Kapitän ist zu Beginn seiner Karriere sogar noch auf der „Völkerfreundschaft" gefahren, dem Flagg- und Kreuzfahrtschiff des DDR-Regimes. Als er so richtig in Fahrt kommt, flüstert mir der Chief ins Ohr: „Wenn der weiter so angibt, drück ich an der Maschine ein Knöpfchen und dreh ihm den Saft ab". Zwischendurch gibt Michi, der Schweizer, staubtrockene Witze zum Besten. Der kleine David aus Liverpool lacht aus vollem Hals – ob er wirklich alles versteht ?

Zum Mittagessen am 1. Feiertag muss der Kapitän seine ganze Autorität eingesetzt haben. Es gibt Gänsebraten – „alle halbe Stunde bejossen" – Rotkohl, Bratäpfel und Klösse. Der gestern vergessene Rotwein wird heute serviert und bei gedimmten Licht und Kerzenbeleuchtung am echten Tannenbaum ist es richtig feierlich.

Als ich in der Lounge die Bücher durchforste und mir 2 DVD's mitnehme, schaut der Chief zur Tür rein und schleust mich in seine Kabine. Stolz präsentiert er mir auf dem PC Familienfotos. „Ich stehe unter der Fuchtel von vier Frauen. Mama ist 96, Frau, Tochter und die 4 Monate alte Enkelin, manchmal nehme ich auf meiner Harley Reissaus". Durch seinen Tagesraum, der auch als Büro dient, muss ein Tornado gefegt sein. „Schöne Männerwirtschaft", diesen Kommentar kann ich mir nicht verkneifen.

Später habe ich den kleinen David besucht, der ist in der Supercargo-Kabine untergebracht ist. Dieser Job wird seit einigen Jahren vom 1. Offizier mit erledigt, so steht die Kabine für Passagiere zur Verfügung. David hat eigene DVD's mit; zwei leihe ich mir aus und habe vor, einen Abend im Puschenkino zu verbringen.

Da wird nichts draus. Klingelingeling. Der 2. Ingenieur ist dran; er kommt aus Röbel an der Müritz. „Ich habe von zu Hause selbst geräucherte Gänsebrust und Wildschweinschinken bekommen und wollte Sie zum Bier einladen". Also schnappe ich mir eine Flasche Rotwein – Bier ist nicht so mein Ding – und fahre runter. Die Schweizer sind schon da, sowie der 2. und 3. Ingenieur und der Kapitän erscheint auch. Es wird ein Klönabend in kleiner Runde so richtig nach meinem Geschmack. Man erfährt vieles, was bei offiziellen Anlässen unterm Teppich bleibt.

Zum Frühstück sind nur David und ich erschienen. Sowohl die Schweizer als auch unser pensionierter Tankerkapitän mit Frau sind Langschläfer und das, obwohl wir seit 4 Tagen die Uhr zurückstellen und sowieso eine Stunde länger schlafen können. Dann rollt noch der Chief in die Messe. Damit er nicht so einsam vor sich hinmümmelt, setzte ich mich auf einen Kaffee an seinen Tisch. Hingebungsvoll vermischt er sein Beefsteak Tatar mit Eigelb, Zwiebeln, Kapern, Salz und Pfeffer und erzählt begeistert von Motorradtouren durch Frankreich. Ich versuche gar nicht erst mir vorzustellen, wie er in Lederkluft und Sturzhelm aussieht.

Inzwischen schaukelt es ganz ordentlich. Bücher, Obst, Flaschen und Krimskram aus dem Alibert im Bad fliegen durch die Kabine. Habe jetzt alles eingesammelt und in Schubladen verstaut, die gesichert sind. Den Fahrstuhl zu benutzen ist untersagt. Von der Messe bis zum G-Deck, wo sich meine Kabine befindet, muss ich 6 Etagen erklimmen, das sind 84 Stufen und bis zum Office oder zur Brücke kommen nochmal 28 Stufen dazu. Aber man hat mir ein eigenes E-Mail-Account eingerichtet und so kann ich über Sturm und Wetter nach Hause berichten.

Die Nacht war nicht berauschend. Der Nachteil eines 1,60 m grossen Bettes ist, dass man da hin und her gerollt wird. Beim kurzen Weg ins Bad bin ich mehrfach angeeckt. Duschen ist auch eine sehr wackelige Angelegenheit. Aber zum Frühstück geht wieder die Sonne auf und es überrascht mich immer aufs Neue, wie fröhlich man jeden Morgen vom Koch und Messboy angestrahlt wird. Beiläufig erwähne ich, dass der DVD-Player seinen Geist aufgegeben hat. „Du scheinst magnetische Finger zu haben, den Kassettenrecorder hast du doch auch schon geschafft, odrrr ?" , meint mein Schweizer Mitpassagier. „Tja" sage ich, „ist aber nett, dass der Chief mir ein Austauschgerät angeschlossen hat, odrrrr"? Nun muss ich noch die Waschmaschine in der Laundry in Gang kriegen und dann ist mit der Technik für heute aber auch Schluss.

Zum ersten Mal scheint wieder die Sonne, das ist das einzige Positive. Die See rollt wie wild. Mittags reisst sich der Weihnachtsbaum aus der Verankerung und ich segele mitsamt Stuhl quer durch die Messe. Geschirr, Saft, einfach alles fliegt vom Tisch. Wir machen nur noch 7 Knoten Fahrt. Bei normalem Wetter durchpflügen wir die See mit 23 Knoten. „Det jefällt ma janich" - Komentar vom Kapitän. Einige gestandene Männer sind seekrank.

Die Nacht war erträglich, aber gegen 5 Uhr morgens kommen wir ins nächste Sturmgebiet. Cookie hat sich verbrüht, obwohl die Töpfe mittels Längs- und Querstreben gesichert sind. Er ist ganz entsetzt als ich vorschlage, dass wir uns mittags mit Brot und Käse begnügen. „No, Ma'am, it's my job". Alle Philippinos sind bemüht, ihre Aufgaben zu erfüllen, damit einem Anschlussvertrag nichts im Wege steht und für heute ist eben geplant: Gemüsesuppe, T-Bone Steak, grüne Bohnen, Folienkartoffeln und frischer Obsalat.

Auch auf der Brücke gilt: Business as usual. Verbissen versucht ein Matrose, den Boden zu wischen. Sein Eimer segelt quer durch denRaum. Mit einer Hand hält er den Wischmopp, mit der anderen muss er sich selbst am Handlauf festhalten. Das Barometer fällt weiter. Wir haben jetzt Windstärke 11. Von draussen peitscht die

Gischt bis hoch zur Brücke und die Scheibenwischer sind im Dauereinsatz. Naturgewalten spielen mit den 53.000 to Stahl unseres Schiffs wie mit einer Feder.

Laut Fahrplan sollen wir heute Abend in New York festmachen. Dafür müssten wir aber 20 Knoten laufen, was zum einen wetterbedingt nicht geht und zum anderen nähern wir uns einer Walschutzzone, wo höchstens 10 Knoten erlaubt sind. Ein vorgeschriebener Testlauf im Maschinenraum kostet auch noch mal 2 Stunden. Nun ist der Lotse für Neujahrsmorgen um 9 Uhr angefordert. Die Beamten der Einwanderungsbehörde kommen dann aber erst am 2. Januar, weil der 1. Januar Feiertag ist. Aber was solls, so ist es nun mal. Das steigert die Vorfreude und ich bin schon wahnsinnig auf Big Apple gespannt.

Heute, Neujahr, habe ich noch etwas mit den Folgen der rauschenden Nacht zu kämpfen und dieses Mal liegt es nicht am Sturm. Zum Dinner gab's fantastische Variationen von Seafood. Allerdings nicht für Marta und Rolf aus Stade. Die sind so was von krüsch ! Sie essen kaum Fleisch, Fisch jedweder Art überhaupt nicht und Alkohol ist tabu. Marta isst meistens Reis mit löffelweise Sambal Olek. Jede mit viel Liebe zubereitete Suppe wird mit Tabsco totgewürzt. Na ja, chaqu'un à son gout. Was mich allerdings fürchterlich stört ist, wenn beide vor jedem Essen die Bestecke mit einem Zipfel der Tischdecke abputzen.

Später finden sich alle in der Lounge ein. Ich flitze immer mal rüber in den philippinischen Salon, wo Ma Jong gespielt und lautstark Karoke gesungen wird. In der europäischen Abteilung beglückt uns der Chief mit Schuhplattler und dem bayrischen Defiliermarsch vom Band. Käptn's Beitrag zur Party ist ein Räuchermännchen mit indischen Duftkerzen. Der kleine David führt heisse Diskussionen mit Chem, dem blendend aussehenden, 1,90 m grossen Hamburger Azubi mit türkischen Wurzeln. Michi aus Zürich steht hinter der Theke. Vereint versuchen Kapitän und der Chief mir Hitlers Russlandfeldzug zu erklären. Antje flirtet auf Deibel komm raus mit dem 2. Ing. Zwischendurch taucht unser pensionierter Tankerkapitän mit der Frage auf, ob wir uns noch in der Walschutzzone befinden. Die gesamte Mannschaft und die

Passagiere begrüssen das neue Jahr auf der Brücke mit einem Glas Sekt. Für mich wird's dann höchste Zeit, still und heimlich in die Koje zu plumpsen.

Ein strahlender Neujahrsmorgen macht uns die Stürme der letzten Tage vergessen. Am Horizont ist Land in Sicht und um 11 Uhr wird der Lotse erwartet.

Um 12. 30 h fahren wir an Coney Island vorbei. An Steuerbord sehen wir jetzt Manhatten und scharf links, wenn auch weiter weg, Lady Liberty. Voraus erkennt man eine Krananlage. Käptn erklärt, dass genau von dort der Anschlag auf die Trade Center Türme mit starkem Teleobjektiv gefilmt wurde. Normalerweise ist das kein begehrter Standort für ein Filmteam, was zu denken gibt. Offensichtlich waren Leute vom Ereignis vorab informiert, sonst hätten die Aufnahme nicht zustande und um die Welt gehen können...

Wie üblich vor Landgängen, verbreitet sich Hektik. Bevor sich irgendetwas bewegt, muss das Schiff aber freigegeben sein. Über Lautsprecher werden Crew und Passagiere ins Office gebeten. Brav stehen alle in Reih und Glied. Als die Reihe an mir ist stellt man fest, dass ich das Esta-Visum nicht dabei habe. „Det hab ick doch nu dauernd jesacht"... Also 7 Decks hoch und der Aufzug ist blockiert. Als ich endlich drin bin, steigt der Chief zu, fährt mit hoch und hält so lange die Tür geöffnet, bis ich wieder angekeucht komme. Zurück unten befragen mich zwei Beamte der Einwanderungsbehörde so das übliche zu meinen evtl. kriminellen Ambitionen. Mein Esta-Visum wollen sie gar nicht sehen. „Have a pleasant stay in the United States, Barbara, and happy shopping" sagen sie zum Abschied.

So, nun warten wir nur noch auf den Shuttlebus der Seemannsmission und dann kanns losgehen. Als erstes können wir den Fahrer bequatschen, uns für 120,- $ bis Höhe Times Square zu fahren. Offiziell darf er das nicht, aber das schnell verdiente Geld lockt. Über Brücken und High Ways rast er mit uns zur 42. Strasse Ecke 9th Avenue, wo wir uns von den Schweizern verabschieden.

Mit dem Fahrer wird noch vereinbart, wo er uns am späten Nachmittag wieder abholt, dann marschieren wir los. Marta, Rolf, der kleine David, der Chief und ich laufen zunächst die 42. Strasse aufwärts. Es ist lausig kalt, vom Hudson bläst ein eisiger Wind herüber. Da kommt es sehr gelegen, als ein Ticketverkäufer uns zu einer mehrstündigen Busrundfahrt einfängt. Bei diesen Fahrten kann man an markanten Plätzen aussteigen und mit dem nächsten Bus die Fahrt fortsetzen. Wir sehen den uns aus dem Fernsehen bekannten riesigen Tannenbaum. Allerdings erscheint der Times Square mir kleiner als der Hamburger Rathausmarkt. Wir kommen zum Broadway, Central Park, durch Soho mit Chinatown und Greenich Village, das Empire State Building, Rockefeller Center, das ehrwürdige Astor Hotel und andere historische Stätten liegen auf der Route. Irgendwie habe ich mir vieles anders vorgestellt. Die 6-spurige Avenues sind belebt, der Betrieb ist aber nicht quirlig.

Mir fällt auf, dass kaum gut gekleidete Menschen unterwegs sind. Am Ende sind wir total durchgefroren und wollen im berühmten Hard Rock Café etwas essen. Aufgewärmt zotteln wir dann wieder weiter. Das mächtige Finanzzentrum Wall Street ist vergleichsweise eine enge Strasse. Die meisten Theater am Broadway sehen bei Tageslicht betrachtet etwas heruntergekommen und nicht glamourös aus. Gerne würde ich mal einige Stationen mit der Metro fahren, wäre allein schon wegen der Heizung schön. Nee, die anderen sind dafür nicht zu begeistern. Auffallend ist der weisse Dampf, der aus Rohren an den Hauswänden senkrecht hochsteigt; das sind Heizungsabgase. Von der mondfahrenden Nation hätte ich so etwas rückständiges nicht erwartet. Wie normale Touristen laufen wir weiter und trinken zwischendurch einen Capuccino in einem der Star Buck Cafés. Als es Zeit wird, schlendern wir zum vereinbarten Treffpunkt und sind ganz froh, wieder in den Shuttlebus klettern zu können.

Auf unserer Rückreise in zwei Wochen werden wir nochmals in New York festmachen. Ich nehme mir vor, dann das Gebäude der Vereinten Nationen zu besichtigen und in's Guggenheim Museum zu gehen.

Gestern hatten wir einen wohlverdienten Ruhetag, der abends mit einem John Wayne-Western-Video ausklang. Nun sind wir auf dem Weg nach Charleston und stündlich wird es merklich wärmer. Vormittags gehe ich auf Entdeckungstour und finde in der Wäschekammer einen Lehnstuhl. Den habe ich unter meiner Dusche abgeschrubbt und sitze nun draussen in einem windstillen Eckchen und geniesse die traumhafte Sonne und Aussicht.

Gegen 15 h wird der Lotse erwartet. Der Baum von Mann mit einer Albert Einstein-Mähne erscheint tatsächlich pünktlich. In Hafennähe übernehmen wir zwei weitere Lotsen, die mit ihren Cowboyhüten wie Farmer aussehen. Auf der Brücke ist's nun voll: Kapitän, 1. und 2. Offizier, Steuermann und die drei Lotsen. Bevor die Lotsen an Bord kamen, wurde sich in Schale geworfen. Es ist beeindruckend, wie schnieke unsere Schiffsführung in Uniform aussieht.

Unter Zuhilfenahme von David's Lap Top informieren wir uns über die Geschichte und alles Wissenswerte von Charleston und wollen nach dem Abendessen die Lage peilen, ob man an Land kann. Im Office hat der 1. Offizier Wache, der weiss, dass man hier zu Fuss bis zur Seemannsmission laufen kann, was in grösseren Häfen absolut verboten ist. Unsere Philippios flitzen los, um via Skype mit ihren Familien zu kommunizieren. Es ist jetzt 19 h und laut Notiz auf der Tafel an der Gangway ist das Ablegen für 23 Uhr geplant. Das scheint uns zu knapp und wir verschieben einen Landgang bis zur Rückreise, wenn wir Charleston nochmals anlaufen.

Gerade bin ich im Begriff mich auszuziehen um die Haare zu waschen, als es klopft. Der kleine 3. Offizier steht mit zwei Brocken in schwarzer Uniform vor der Tür. „Hi , Barbara, we are from the Custom Authorities". Der Zoll will also meine Kabine filzen. Ich muss mich daran gewöhnen, dass jeder – auch furchterregend aussehende Amtspersonen – einen mit dem Vornamen anredet. Während ich vor der Tür warten muss, suchen sie mit einem Detektor die Kabine ab, öffnen alle Schränke und inspizieren auch den Kühlschrank. Schnell stellt sich heraus, dass sie auch nur Menschen sind, als sich ein Plausch entwickelt. Wo ich denn herkomme, wie ich die United States finde und so. Der eine war in Kissingen als GI stationiert und der andere trinkt gerne deutschesBier. Ihre Schicht ist nach dieser Schiffskontrolle beendet und ob ich keine Lust hätte, mit down town zu kommen. Nee, derartigen Abenteuern bin ich inzwischen entwachsen.

Seit 6 Uhr früh liegen wir in Miami. Meine Fenster sind weit geöffnet und es ist recht warm, auch wenn man das so gar nicht glauben mag, nachdem wir noch vor ein paar Tagen in N.Y. vor Kälte geschlottert haben. Das Panorama ist phantastisch. Türkisfarbenes Wasser, viele Buchten mit kühnen Hochhäusern soweit man sehen kann und dazwischen satte Rasenflächen und Palmenhaine. Gegenüber liegen vier riesige Kreuzfahrer. Viele Yachten sind unterwegs. Vom Sparen oder Umweltschutz scheinen sie noch nichts gehört zu haben, alle düsen full speed mit riesigen Heckwellen durchs Meer. Die City ist ganz nah. Bis 17 h haben wir Zeit und sitzen seit 8 Uhr landfein und voller Tatendrang im Office. Ein Shuttlebus ist nicht in Sicht, obwohl der Kapitän, der 1. und 3. Offizier und auch der Kadett wie wild telefonieren. Die einzige Möglichkeit, das Gelände zu verlassen ist eben dieser Bus. Nach zwei Stunden habe ich die Faxen dicke, setze mich aufs oberste Deck und beobachte den Betrieb rundherum. Abends beim Auslaufen erzählt der Lotse, dass die Busse mit den Kreuzfahrern zu tun hatten und einfach kein zusätzlicher Fahrer für einen Shuttlebus verfügbar war. Na ja, wenn man bedenkt, dass auf jedem dieser Schiffe an die 3.000 Passagiere Urlaub machen, dann ist das natürlich lukrativer, als eine Handvoll Leute von einem deutschen Frachtschiff abzuholen. Ich kenne Miami und Fort Lauderdale zwar von einer früheren Reise aber es wäre natürlich schön gewesen, an Land zu kommen. Während der Unterhaltung mit dem Lotsen beobachte ich fasziniert, wie der zweite Lotse gelangweilt in der Nock steht und dicke Bublegum Blasen produziert.

Abends schaue ich in der Lounge vorbei. Der 2. und 3. Ing. machen ihrem Ärger über den verpatzten Landgang Luft. So prickelnd ist das auch nicht, so dass ich mich mit Krimi und Rotwein in meine Kammer zurückziehe.

Ein Blick aus dem Fenster lässt darauf schliessen, dass es ein schöner Tag wird. David erzählt beim Frühstück von seinem Vorhaben, nächstes Jahr auf einem Frachter rund um die Welt zu reisen. Das dauert mindestens drei Monate und wäre selbst mir zu lange. Cookie hängt den Magenfahrplan für diese Woche an die Wand. Er ist völlig frustriert. Der Kapitän der vorangegangenen Reisen war Liebhaber der italienischen Küche. Der neue „Alte" liebt es deutsch. Nun stehen Sauerbraten, Laskaus, Tafelspitz auf dem Plan, womit er bei seinen philippinischen Landsleuten keinen Blumentopf gewinnen kann; also muss unterschiedlich gekocht werden. „I'll get crazy soon", meint er. Später mache ich mich auf die Suche nach einem windstillen Plätzchen. Achtern, im Schutz des Schornsteins, an der Aussenbar, ist es auszuhalten. Ich verträume den Vormittag und verliere mich in der endlosen Weite des Ozeans. Nachmittags entdecke ich steuerbords Kuba. Von meinem Aussichtsposten habe ich eine gute Sicht und vor allem bin ich ungestört. Jeder scheint sein „geheimes" Plätzchen gefunden zu haben.

Heute Abend gab's Hühnerbeine vom Grill, eingepinselt mit einer tollen, selbstgemachten Grillsauce. Den Reis habe ich weggelassen und zur Freude von Cookie eine 2. Portion Keulen verdrückt. Martas entsetztes Gesicht habe ich einfach ignoriert.

Zurück in der Kabine besucht mich der Chief, der mir einen Bericht über den Panama Kanal vorbeibringt: Geschichte, Entstehung und im Bau befindliche Erweiterung des Schleusensystems.

Seine Erzählungen über Erlebnisse in Panama hören sich derartig abenteuerlich an, dass es Seemannsgarn sein könnte. Wollen mal abwarten, was mir so widerfährt. Jedenfalls meint der Kapitän am Morgen, dass so ein Reinfall wie in Miami nicht zu erwarten sei, weil wir 20 Stunden Liegezeit gebucht haben.

Die zahlreichen Beamten an Bord, der Busfahrer und später auch andere Leute beginnen jeden Satz mit „my friend, weisst du dies" und „my friend, weisst du das" - so wie wir „guten Tag" sagen.

Wir haben einen tollen Tag. Ein uralter Bus mit Motor-Schnauze bringt uns zum Gate und draußen finden wir schnell ein Taxi. Für

5,- Dollar pro Nase würde er uns nach Colon fahren. (Vom Atlantik kommend heisst die Einfahrt in den Kanal Colon und auf der Pazifik-Seite Cristobal.) Wir handeln etwas und dann mieten wir das Taxi für den ganzen Tag. Zunächst besuchen wir den Strand, wo viele Einheimische picknicken und ganze Heerscharen von Kindern in den Wellen planschen. Dann geht's weiter nach Porto Bello. Ursprünglich war die geschützte Bucht ein beliebtes Versteck von Piraten. Dann kam Kolumbus und später bauten die Spanier ein Fort, das heute als Museum besichtigt werden kann. Angeblich ist hier Sir Francis Drake aus dem Leben geschieden. Endlich habe ich Gelegenheit, eine Hand voll Strandsand für Mike zu Hause mitzunehmen. Er analysiert Sand von der ganzen Welt nach sogenannten Linsen, die man z.B. auch in den Steinen der Pyramiden entdeckt hat.

Nachdem wir unserem Fahrer klargemacht haben, dass uns nichts an Schnickimicki liegt, fahren wir immer längs der Küste durch Palmenhaine und Urwald zu einem rustikalen Restaurant mit karibischer Küche. Natürlich laden wir unseren Fahrer ein und erfahren viel über das hiesige schwierige Leben. Sechs Jahre lang war er Polizist mit einem Gehalt von 500,- $ im Monat. Ohne Bestechungsgelder kann man davon nicht existieren – Kolumbien ist nicht weit weg – d.h. bei Schmugglern schaut man weg und lässt sich bezahlen. Man weiss nie, ist der Kollege „echt", gehört der eigene Chef einer Organisation an, oder fängt man sich bei einer Razzia eine Kugel in den Rücken ein. Als Selbständiger mit eigenem Taxi geht's ihm heute besser; er kann sogar seine zwei Söhne zur Schule schicken.

Dann bringt er uns nach Colon zu einer Shopping Mall riesigen Ausmaßes weil David sich zwei Hawaiihemden kaufen will. Für mich finde ich rein gar nichts. Allerdings habe ich vom Käptn den Auftrag, ihm 12 Ansichtskarten mitzubringen. Dann haben wir die Idee, als Mitbringsel für zu Hause Rum oder Aguardiente zu besorgen. Daraus wird nichts. Der klimatisierte Supermarkt hat zwar geöffnet, aber weil Liberation Day ist darf bis 24 Uhr kein Alkohol verkauft werden. Ich zeige meinen deutschen Pass vor und den Landgangpass vom Schiff, was alles nichts nützt. Bei dieser Gelegenheit erfahren wir auch, dass gewisse Etablissements heute strikt geschlossen bleiben. Na, einigen der Crew wird das sicher nicht gefallen.

Plötzlich steht – angetan mit einem australischen Ranger-Hut - der Chief vor uns. Er hat sich extra ein Taxi kommen lassen, um hier Rum einzukaufen. Auch seine diversen Kraftausdrücke in mehreren Sprachen können den Marktleiter nicht umstimmen. Na ja, zum verabredeten Zeitpunkt taucht unser Fahrer, der inwzsichen zu Hause geduscht hat und wie ein Freudenhaus riecht, wieder auf. Wir nehmen den untröstlichen Chief mit zurück zum Schiff. Als Dankeschön lädt er uns auf ein kühles Bier an der Aussenbar ein.

Als ich längst selig in meiner Koje schlummere, gibt's Alarm. Man ist auf der Suche nach einem blinden Passagier. An den 2 Posten an der Gangway käme er nicht vorbei. Alle Aussentüren zu den einzelnen Decks sind im Hafen von innen verrammelt. Sich flach auf einen Container zu legen geht auch nicht, der Kranführer würde ihn von oben aus sehen. Ein Mensch muss schon sehr verzweifelt sein, sich am Heck über das Ruder und Verankerungstaue irgendwie ins Schiff zu hieven. Für Kapitän und Reederei bedeutet so ein Flüchtling unendlichen Ärger. Weder Amerika, Holland, England oder Deutschland nehmen ihn auf und er müsste bis zum nächsten Anlaufen von Panama an Bord bewacht und verpflegt werden. Gottseidank handelt es sich bei diesem Alarm um eine Routine Razzia, die sowohl die Behörden von Panama als auch die Reederei verlangen.

Heute Vormittag schaut der Kapitän vorbei, um seine Postkarten abzuholen. Nach einer Stunde ist er immer noch da; alles ist wahnsinnig interessant. Ich weiss jetzt, wie es zum Bau des umstrittenen neuen Flughafens in Berlin-Schönefeld kam. Stolpe, ehemaliger Ministerpräsidentskandidat von Brandenburg, war vor seiner Wahl strikt gegen einen Bau an dieser Stelle. Kurz nach seiner Wahl und einem Gespräch mit Berlins OB war er dann dafür. Der angebliche Kuhhandel war sein OK für den Bau gegen das Verschwinden seiner Stasi-Akte. Alle späteren Versuche engagierter Reporter, ihm Stasi-Verbindungen nachzuweisen, verliefen dann auch im Sand. Die Vergabe des Bauprojekts soll auch nicht korrekt gelaufen sein. Zumindest wurden keine Teil-Abnahmen vereinbart und so wurden erst bei der Endabnahme die verherenden Mängel entdeckt.

Spannend sind auch Käptn's Erlebnisse von Chinafahrten den Pearl River aufwärts. Ich komme kaum zu Wort – das will was heissen - kann aber einwerfen, dass mein Opa als Matrose auf einem Segelschiff der Kaiserlichen Marine beim Boxeraufstand dabei war.

Es ist Zeit fürs Abendessen und ich bin gespannt, was David zu erzählen hat. Nachmittags wollte der 2. Ing. ihm den Maschinenraum zeigen. Ja, der kleine David ist angetan. Neben der Hauptmaschine gibt's Generatoren für die gesamte Stromversorgung. Werkstätten, ein Klärwerk und eine Müllverbrennungsanlage. Unsere Seewasseraufbereitungsanlage hat eine Kapazität von 30 to pro Tag. Der tatsächliche Verbrauch liegt bei 10 to. Das schliesst Trink-, Brauch- und Kühlwasser sein. In seiner Tätigkeit als Maschinist hat David noch nie einen Maschinenraum mit sauberen Händen verlassen als hier sagt er, als wir an der Außenbar sitzen. „Ist für mich Ehrensache" meint der Chief. Erstaunlich, wenn ich an das Chaos in seiner Kabine denke.

Übergangslos bricht die Nacht herein, immer mehr Sterne sind zu sehen. Ich lerne ein neues Wort: „light pollution", was Lichtverschmutzung bedeutet. Damit ist die Helligkeit über Grosstädten gemeint, die verhindert, dass man die Milchstrasse richtig erkennt.

Eine strahlende Sonne begrüsst mich am nächsten Morgen. Die Wetteraussichten sind so vielversprechend, dass Käptn für morgen Abend einen Barbecue ansetzt. Marta strapaziert meine Langmut mal wieder „ist doch nicht nötig". Ich erkläre ihr, dass das ein festes Ritual einer jeder Reise ist und nicht unseretwegen veranstaltet wird, sondern als Abwechslung für die Crew gedacht ist. Ruckartig dreht sie sich um und fragt unseren Messboy auf Spanisch – Englisch kann sie nicht – ob öfter an Deck gegrillt wird. „Si senora, jede Reise".

Ich stehe auf, um nach meiner Wäsche zu sehen. „Wenn Barbara die Waschmaschine blockiert, müssen die Philippinos warten".

„Nein, du irrst dich Marta, die Philippinos habe ihren eigenen Waschsalon".

Beim Frühstück am nächten Tag erlebe ich einen unschönen Vorfall. Der blendend aussehende Azubi mit Abitur, aus Hamburg kommend, aber mit türkischen Wurzeln, sitzt an unserem Tisch, als David und ich in die Messe kommen; das ist doch mal eine nette Abwechslung. Hastig stopft er sein restliches Frühstück in den Mund, kippt im Stehen den O-Saft runter und rennt fluchtartig weg. Rasch deckt der Messboy den Platz neu ein, fast wirkt er dabei etwas schuldbewusst. Ich setze ihm so lange zu, bis er damit rausrückt, dass Käptn ab halb acht nur eigene Landsleute in seiner Messe sehen will. Und ich dachte bis dato, unser Kapitän sei ein weltoffener, liberaler Mann.

Nachmittags werden auf dem A-Deck lange Tische und Bänke zusammengeschraubt und aufgestellt. Ich suche den Grill. Cookie zeigt mir den Weg nach achtern: schmale Gasse, fast auf Wasserhöhe, immer vorbei an Containern. Wir kommen zu einer engen Luke mit einer senkrechten, schmalen Eisenleiter. Da soll ich runterklettern ? No Sir, sooo neugiering bin denn doch nicht. Der Messboy zeigt mir aber, wie man von innen durch den Maschinenraum über eine normale Treppe nach achtern gelangt, wo der Bootsmann 4 Stunden lang ein Ferkel am Spiess dreht. Da unten befinden sich riesige Eisenpoller und dicke Trossen. Von hier aus wird das Schiff im Hafen festgemacht. 4 Stunden drehen könnte langweilig werden, wenn nicht ständig jemand auf ein Bier vorbeischauen würde. Eine Kiste Becks ist bereits geschafft. Um 18 Uhr soll die Party starten und schon jetzt, 2 Stunden vorher, herrscht eine ausgelassene, fröhliche Stimmung.

Zur verabredeten Zeit finden sich alle ein. Ein zufällig Vorbeikommender könnte meinen, er sei auf einem Narrenschiff gelandet. Jeder ist auf seine Weise rausgeputzt. Alle 16 Philippinos haben sich gegenseitig die Köpfe geschoren und hopsen in knalligen Bermudas herum. Das T-Shirt des Estnischen 2. Offiziers trägt die Aufschrift „Viagra for the Pussy". Kleine Leute wollen auch mal gross sein – so ziert ein glitzender Spiderman das T-Shirt vom kleinen David. Der Kühltechniker erscheint im knallroten

Overall und Piratenkopftuch, und James Dean mit Motorrad prangt auf dem Bauch vom Chief. Unser Käptn trägt Buschhemd und Shorts mit schätzungsweise 25 Taschen; vor allem duftet er verführerisch nach Rasierwasser. Die Stimmung ist bombig, Käptn schneidet das Ferkel an und cookie in seiner schneeweissen, langen Schürze grillt Hähnchenkeulen und Würstchen.

Zum Frühstück bin ich die einzige. Cookie und dem Messboy überreiche ich einen Umschlag mit jeweils 10 $ - ich habe jeden Sonntag als Payday deklariert – und erfahre, dass bis 22 Uhr draussen gefeiert wurde und der harte Kern dann in die Lounge umgezogen ist. Ich hatte mich nach 3 Stunden verdrückt, als der kleine David anfing, dämliche Witze zu erzählen und der Chief melancholisch wurde; er hat daran zu knappsen, dass für ihn mit 65 in Bremerhaven die Zeit der Seefahrt vorbei ist.

Die Tage plätschern ruhig und relaxed so vor sich hin . Charleston war etwas nervig, da wir aus dem Ausland kommend - Panama – wieder das gesamte Einwanderungsritual über uns ergehen lassen müssen. Warum fühlt man sich – trotz reinen Gewissens – immer so befangen, sobald man der uniformierten Staatsmacht gegenübersteht ?

Im Moment steuern wir New York an und auf der Brücke läuft alles normal. Der Lotse ruft seine Befehle, z.B. starboard ten. Kurz darauf, wenn der Kurs anliegt, wird er lautstark vom Steuermann wiederholt. Jede Meldung endet mit einem respektvollen „Sir". Ich schaue dem Käptn über die Schulter, der sich die Wetterkarte ansieht „Mann oh Mann, det is nich rot, det is dunkellila". Lila bedeutet 12 m hohe Wellen, worüber ich lieber nicht nachdenken will.

Am Pier in New York läuft es schleppend. Kommentar vom Käptn: „Det dauert mir allet zu lange, ick will hier wech". In dem Moment wird ein Frachter, der zur grössten Container-Reederei der Welt gehört – Maersk – von zwei Schleppern in den Hafen bugsiert. Der Bug ist völlig demoliert. Mehrere Reihen der hochgestapelten Container sind wie Streichholzschachteln zusammengefaltet. Dieser Anblick gibt den Ausschlag. Die für Holland bestimmten Container, die noch geladen werden müssten, lässt der Kapitän

111

zurück und gibt entsprechende Anweisungen, sie mit dem nächsten Schiff unserer Reederei zu befördern. Für die Reederei haben Havarien oder Verluste von Containern viel schlimmere Auswirkungen als verspätete Auslieferung. Dann nimmt er Funkkontakt zum Kapitän des harierten Frachters auf, fragt nach Einzelheiten und welchen Kurs man genommen hat. Im Kartenraum steckt er daraufhin einen Kurs für uns ab, der das Sturmgebiet möglichst weitläufig umschifft.

Und es hat funktioniert.; wir haben den Atlantik überquert und nähern uns der Bucht von Le Havre, wo noch die Sicherheitsübung „Zuwasserlassung der Rettungsboote" stattfinden muss. „Wir lagen mehrfach vor der amerikansichen Küste auf Reede, warum haben Sie das dort nicht gemacht", will ich wissen. „Weil die Coast Guard alle ankernden Schiffe im Visier hat. Wenn bei der Übung irgendetwas hakt, legen die uns 2 Tage wegen Nichteinhaltung der internationalen Sicherheitsbestimmungen fest". Big brother is watching you...

Nachdem auch die Biscaya überstanden ist, nutze ich sogar die Sauna. Dann veranstalten wir eine kleine Farewell Party. Ich leihe mir die Käptn's-Mütze aus und mache unter den Passagieren die Runde; jeder wirft ein Scheinchen hinein für Bier, Rotwein – Fanta für Marta – Erdnüsse und Chips. Cookie gebe ich 5,- Dollar aus der Mütze und bekomme Käsewürfel, Oliven und einen Teller mit Salami in Scheiben. In der Lounge werden Shantys aufgelegt und es ist eine nette kleine Abschiedsfeier. Viele Geschichten werden zum besten gegeben, wobei ich manchmal nicht weiss: Ist es Seemannsgarn oder wirklich wahr. Obwohl noch einige Tage vor uns liegen, sitzen Marta und Rolf schon halbwegs auf gepackten Koffern. Sicher werden sie wohl nicht wieder mit einem Frachtschiff reisen und ziehen die komfortablen Schiffe der Hurtigroute vor. Da ist alles durchorganisiert, kein Container klappert, in den Häfen stehen Busse und fähnchenschwenkende Führer parat, es gibt Abendprogramm und sie haben die Auswahl zwischen mehreren Restaurants.

Wir haben nun Europas grössten Hafen – Rotterdam – erreicht. Hier hat die Zukunt schon begonnen. Von meinem Fenster aus beobachte ich den regen Hafenbetrieb. Tausende von Containern werden mit unbemannten Fahrzeugen transportiert. Eine Lautsprecherdurchsage beordert alle Offizier und die Crew auf die Brücke. Käptn kommt vorbei „Nee, Sie müssen keine Probe abgeben". Ich verstehe nur Bahnhof. Also, die Gesundheitsbehörde ist an Bord und alle geben unter Aufsicht, damit nicht gemogelt werden kann, Urinproben ab. In einem Londoner Labor wird das auf Alkoholmissbrauch und Drogenkonsum untersucht. Als Laie macht man sich keine Vorstellung, wie viele Behörden bei einer simplen Beförderung von Containern involviert sind.

Eigentlich wollten David und ich an Land, aber nun hat es angefangen zu schneien und wir gehen erstmal zum Mittagessen. Es gibt Heilbutt mit Remouladensauce, Fenchelgemüse, Kartoffelsalat und zum Nachtisch Melone. Wie zu erwarten, begnügen sich Marta und Rolf mit Kartoffelsalat und einem ordentlichen Schlag Sambal Sauce.

Dann verbreitet sich Hektik, eine Generalinspektion des Germanischen Lloyds findet statt. In jedem Land der Welt darf solch unangekündigte Inspektion auf Schiffen durchgeführt werden, wenn laut Unterlagen im letzten halben Jahr nicht geprüft wurde.

Parallel dazu wird Treibstoff gebunkert. Ein längsseits liegender Tanker hat seine Leitungen angekoppelt. Heutzutage fahren Schiffe im offenen Meer mit Schweröl, in Landnähe mit einem leichteren Gemisch und im Hafen der Umwelt zu liebe mit einem dieselähnlichen Treibstoff.

Durch die Inspektion verzögert sich unser Auslaufen. Morgens um 5.30 Uhr merke ich am Vibrieren, das die Hauptmaschine läuft. Beim Frühstück sehe ich dann, dass wir ausserhalb des Containerhafens erneut festgemacht haben. Man hat uns festgesetzt und wir dürfen die Reise nicht fortsetzen ! Die gestrige Inspektion hat Mängel ergeben, die nachgebessert werden müssen; die Kontrollen werden danach wiederholt. Einige Rauchmelder funktionieren nicht, die Klinke an einer Sicherheitstür klemmt, an einem Separator fehlt die Aussentür und ähnliche Lappalien. Ursache dieses Schlamassels war, dass die Inspektoren einfach durchs Schiff marschiert sind, ohne sich beim Chief vorzustellen. Der fühlt sich übergangen, reagiert pampig und als Reaktion wird das Unterste zu Oberst gekehrt, wobei die originalverpackte fehlende Tür des Separators im Ersatzteillager auftauchte. Wenn man es darauf anlegt, findet man immer etwas.

Inzwischen habe ich zu Hause angerufen „Sei froh, im Trocknen festzusitzen, hier ist Chaos auf den Strassen angesagt", kriege ich zu hören. Na, tolle Aussichten für die Autofahrt von Bremerhaven nach Ostholstein.

Seit unserer Ankunft in Rotterdam bis jetzt, also vor 44 Stunden, hat Käptn ganze 2 Stunden geschlafen. Man merkt es ihm an, als er vom Tisch weg wieder abberufen wird: „Ei komm bäck later".

Um 15 Uhr erscheint der Germanische Lloyd zur Nachprüfung, dieses Mal in Gestalt eines weiblichen Inspektors. Sie kann sich das Vorgehen der männlichen Kollegen am Vortag nicht erklären. „Dat hier is alles prachtelig", und nachdem ein umfangreicher Papierkram erledigt ist, dürfen wir los.

In Bremerhaven gibt's einen herzlichen Abschied und Käptn schickt mir sogar zwei Matrosen mit an Land für den Fall, dass mein Auto nach 6 Wochen Stehen in Minusgraden nicht anspringt. Aber alles ist gut, einmal den Zündschlüssel gedreht und der Motor springt an.

Zuhause haben liebe Nachbarn die Heizung hochgedreht, den Kühlschrank aufgefüllt und mir einen Frühlingsblumenstrauss hingestellt. Ich plumpse in mein eigenes Bett und überlege, wohin ich wohl im nächsten Jahr reisen könnte.

Nachwort

Meine erste Seereise habe ich bereits mit 11 Jahren auf einem feudalen italienischen Passagierschiff erlebt. Im Laufe der Zeit wurden Urlaube auf Schiffen zur Passion, speziell das Reisen auf Frachtschiffen. Allerdings wurde die Horn-Linie mit ihren drei „Bananendampfern" und ihrem Liniendienst für Pasagiere nach Costa Rica inzwischen eingestellt und Oetker verkaufte ihre Reederei Hamburg Süd. Nach dem Siegeszug von Warentransporten per Container entstanden wahre Kolosse von Schiffen, die teilweise normale Häfen gar nicht mehr anlaufen können und aus Kostengründen äusserst kurze Liegezeiten in Container-Umschlaghäfen haben (z. B.Tanger Mediterrane oder Izmir). Aber es gibt sie noch, die kleineren Schiffe mit Flair. Mehrere Reisen habe ich aufgeschrieben und vier davon sind im Hauptteil dieses Buchs festgehalten. Ich hoffe, dass es gelungen ist, den besonderen Charme von Reisen auf Frachtschiffen zu vermitteln. Verzeichnis über weitere Reisen:

1954   „Augustus", Linienschiff für Passagiere

Genua – Cannes – Dakar - Las Palmas - Rio

1959   „Santa Isabell", Stückgutfrachter

Santos - Rio – Bahia – Antwerpen – Rotterdam - Hamburg

1968   „Achille Lauro" , Linienschiff für Passagiere

Sydney – Auckland – Fidji – Acapulco – Christobal –

Panama Kanal - Colon - Miami - Southhampton

1971   „Melilla", Stückgutfrachter

Hamburg – Tanger – Beirut – Latakia – Ceuta – Gibraltar -

Ijmuiden

1972 „Adritica" Kombischiff Passagiere/Fähre

Triest – Venedig - Brindisi – Korfu - Famagusta - Istanbul –

Izmir - Marseille - Genua

1973 „Helena" , Passagierschiff

Venedig - Split - Rhodos – Haifa – Kusadasi – Limassol -

Kanal von Korinth/Olympia - Venedig

1975 „Peter Pan" , Fähre, hier: Sonderreise

Travemünde – Göteborg – Oslo – Helsinki – Kopenhagen -

Travemünde

1993 „Lisboa" Frachtschiff

Hamburg – Madeira – Teneriffa – Cadiz - Hamburg

2000 „Johanna Vöge", Frachtschiff / Feeder

Kiel – Aarhus – Nord-Ostsee-Kanal – Rotterdam – Porto -

Lissabon - Hamburg

2002 „Hornbay", Bananen- u. Stückgutfrachter, Liniendienst
für Passagiere

Hamburg – Antwerpen – Le Havre – Guadeloupe -

Martinique – Cartagena – Turbo – Port Limon – Dover –

Antwerpen - Hamburg

2003   „Hornkap", siehe Hornbay

2005   „Horncliff", wie Hornbay, aber Abfahrts- und Ankunft-
        hafen Antwerpen

2010   „Homere" , Containerschiff
        Rotterdam – Tilbury – Le Havre – Sint Maarten – Port of
        Spain – Decard des Cannes – Belém – Fortaleza – Natal -
        Algeciras – Vigo - Rotterdam

2011   „Cap Vilano", Frachtschiff
        Hamburg – Felixstowe – Tanger – Alexandria – Haifa –
        Mersin – Ashod – Alexandria – Antwerpen - Hamburg

2013   „Tanger" , Frachtschiff
        Rotterdam – Porto – Sevilla (Flussfahrt) – Gran Canaria –
        Teneriffa – Cadiz – Huelba – Lissabon – Porto – Tilbury -
        Rotterdam

2015   „Hyundai Tianjin", Containerschiff
        Bremerhaven – Felixstowe – New York – Miami –
        Charleston – Panama – Charleston – New York –Rotterdam
        Bremerhaven

Zeitfracht Medien GmbH
Ferdinand-Jühlke-Straße 7
99095 Erfurt, Deutschland
produktsicherheit@kolibri360.de